U0077444

目　录

广西彝族先民的足迹（代序）

王光荣

在中央民族大学科技规划领导小组全体同志和中国社会科学院民族文学研究所南方室主任、博士研究生导师刘亚虎先生的热心关照下，彝族神话经诗标音译注本《弓场神韵》终于同读者见面了。这是笔者继云南民族出版社出版的《颂魂经：广西那坡彝族口碑文献》后第二部公开出版的少数民族经书译注本。作为支课题和分项目的主要责任人、本经诗的搜集采录和标音译注者，笔者感到幸运，幸运自己又为抢救和保护少数民族非物质文化遗产，弘扬民族文化，振奋民族精神，尽了微薄之力。

一

《弓场神韵》虽然没有《颂魂经：广西那坡彝族口碑文献》那样，规模那么大，影响那么深，在此之前，只将它看作是本民族节日的一个附属品，人们对它也没有足够的重视，除了经常吟诵的祭司腊摩和萨喃知道其内容外，其他人一般不了解也不去考究它的内涵与作用。然而，它也着实是一部充满着哲理观念，又不乏神奇文学色彩的经诗。

这些经诗涉及当地彝族人民生活的各方各面，涵盖着本民族整体的文化、历史、宗教、哲学、思想、观念、习俗和民间歌舞、传统工艺等宏富内容。它以神话手法，生动形象地反映了当地彝族迁徙的历史，并以之为引航导线，演绎当地彝族艰难的生活、斗敌情景，缅怀祖先不可忘怀的业绩，对研究彝族文化历史和社会生活有一定的参考价值。译注者自20世纪80年代初期开始，经过近20年（届）的现场采录，获得众多原始资料，但由于各种主客观原因，这些资料长期积压于橱中，没能对它进行系统地整理和译注。

2007年春夏之交，在刘亚虎先生的穿针引线之下，经诗的译注工作作为中央民族大学“中国南方少数民族神话调研”项目的一个支课题。于是，笔者于近年内，再度深入经诗流传地区——广西那坡达腊彝族寨子，进一步核实和补充，并集中精力投入标音、译注工作。译注过程中，在不损害其本意的前提下，做些程序上的变动和语句上的规范化。

经诗就是在彝族跳弓节中吟诵，不仅有较浓郁的神话色彩，而且总体上以祭诸神为主线，说的是神话，故称之为神话经诗。

跳弓节，彝语称“孔稿”、“卡契”、“嘈契”。是居住在广西西部那坡县“芒佐”支系彝族于每年农历四月举行的一年一度盛大节日，有上千年的历史。整个节日活动持续三天半时间，具体日期则因地而别，从农历四月初一开始至四月十二日，轮番在各个村寨举行。跳弓节这一传统的节日活动，融宗教族祭、民间歌舞、体育竞技、游艺等为一体，充分展现了广西彝族的信仰习俗及心理特征。节日期间，除了众乡亲举行各种纪念、祭祀和表演性的歌舞、竞技活动外，祭司“腊摩”和“萨喃”或面对当地族人祭祀中心的族祭宫，或环绕舞坪中心的金竹丛，或持弓戴剑，分别远眺东南西北，以不同的调子和不同的情绪，滔滔不绝地吟唱各种既充满着哲理观念，又不乏神奇文学色彩的经诗。

二

广西那坡县地处桂西边陲，西北面毗邻云南富宁县，南面与越南的高平、河江两省接壤。县内彝族分白彝和红彝两个支系，旧称白倮倮和红倮倮，中华人民共和国成立后统称彝族。分布在城厢镇中达腊、念毕、者祥、岩华、坡报、达汪、下么等自然村寨的为白彝；分布在下华乡的坡五、坡康屯的属于红彝或花彝。一般都是大分散小聚居，也有少数与当地壮族或汉族杂居。关于那坡县彝族的来源有两种说法：一是三国时，彝族系孟获部落，由滇川黔随军征战而散集于此；二是8—10世纪，在今云南巍山彝族自治县境，出现了由红彝统治的地方政权，建立南诏国，并受唐朝封为南王。白彝不堪受红彝的奴役，于唐代以后，陆续逃迁云南东部的广南、富宁，直至广西境内；三是明清时代于兵戈搅乱时期，一部分彝民自云南、贵州逃荒避难，进入广西边山密林定居。据传，迁入那坡县内的部分彝族，原先曾在感驮岩岩洞穴居。宋皇佑年间（1049—1053年），建立镇安峒前，陆续迁至今达腊、念毕、者祥等地。另一部分彝族则于三国以后的不同时期，从云南田蓬、马关等地迁往越南，若干朝代以后，其中的一部分又从越南的高平和中国的平孟关口折回中国，定居于那坡境内。

广西彝族生活的地区地形多为土石山各半，海拔多在1000米以上。年平均气温17.8℃，最高温度达35.5℃，极端最低温度为4.4℃。当地彝族人民以农业为主，林业、畜牧业为辅，以种植水稻、黄豆为主，多以大米为主食，黄豆为辅。那坡达腊彝族居住的一般以干栏式的住房为主，全村仅有两户住的是水泥楼房。一般每户都是两三层的干栏住房，一层是养牲畜的地方，二层是人居住的地方，三层用于储存粮食等物品。由于距离县城较远，交通相对不够便利，与外界的交流较少，因此导致了这些地区经济相对落后。

20 世纪 80 年代，政府出资修建了通往彝族地区的公路之后，加速了彝族人民同外界的交流，并在一定程度上促进了当地的经济发展。尽管如此，受到影响的也仅是少数部分，出现了少数的以经营或养殖为主的专业户，也有外出打工的，这些并未能促进整个彝族地区的经济发展，仅在一定程度上影响到当地的生产方式和生活方式。也正因为如此，外来文化对其冲击亦较少，传统的文化习俗也就尚能较好的保留，并为这些传统文化注入了新的内容，跳弓节就是其中一个较典型的例子。

跳弓节活动一般按一定的步骤和程序进行。在彝族人口相对集中、距县城较近的达腊寨，按 4 天的时间来安排活动。第一天是祭山神，即在一个特定的山坳口临时设台，众人宰猪杀鸡，待祭司腊摩、萨喃念诵完各种经词后就地聚餐。此举既表示敬祖，又象征着古时候彝族父老在卡口迎接将士外出征战凯旋归来。第二天是祭欢乐之神。人们集中到村寨场坪祭祀祖先和天地众神，跳集体舞，并以各种形式，演绎先民生活和与敌争斗凯旋的场面，一直持续到次日凌晨。第三天，按当地说法，祭锦绣之神。祭司各种调子的经诗，都在那天开腔，当地民间的各种歌舞也在当天亮相。在各种歌舞间隙，还不时穿插具有特定内容和民族特色的表演和体育竞技活动。晚上，人们又到各家各户去跳房，同贺美好生活。第四天是祭阵亡之神，主要是到村头路口祭古代异地作战阵亡者和其他非正常死者之魂。祭祀结束后，来参加节日活动的客人要立即离去，否则便被视为不友好。

三

（一）传说的来历

跳弓节的来历与广西那坡彝族的迁徙史和金竹崇拜观念息息相关，其来源自然亦与当地彝族历史和崇拜金竹的来历一脉相承。那么，金竹崇拜又如何形成呢？当地彝族居民对此主要有两类说法：金竹拯救说和金竹生育说。前者包括抵御自然灾害和抵御外族入侵说；后者主要是指五子繁衍说或金竹孕生夜郎王（彝王）说。

1. 金竹拯救说

一说古时候，部落之间交战频繁。有一年春节前，一支倮倮官兵与敌交战，因寡不敌众，几乎全军覆没。倮民将领麻公巴在敌人追杀下，急中生智，摘下高筒帽子，挂在路旁，自己则带领勇士藏身于竹丛中。敌人追来，看见帽子，弄错了方向。麻公巴即命士兵以竹为弩，奋起反击。战士们箭无虚发，节节取胜。敌人弄不清情况，便慌忙败退。彝族官兵击败了敌人，于次年农历四月初凯旋归来。大家欢欣歌舞，庆祝胜利，同时补度春节。大家在欢乐中不忘金竹之恩，便将带来胜利的金竹栽种在村头的坪地中央，周围编上篱笆，视为神竹圣地。人们敲起铜鼓，吹起五笙，拉起二胡，环绕金竹，欢歌狂舞，世代相传，沿袭成为今天的跳弓节。

因此，在每年的跳弓节前一天晚上，都有个祭山神仪式，即祭祀那些为民族而战的英雄先祖们，让他们保佑节日的顺利进行，同时也是对他们的一个纪念。一是洪水泛滥时代彝族始祖得到金竹拯救说。

相传人类遭遇了大洪水，把所有的生灵都淹没了。只有兄妹俩躲在葫芦里幸免，可是洪水一直把葫芦漂着，未能停留。经过了漫长的漂流之后，突然有一天葫芦被一簇金竹卡住了，兄妹俩才得以从中出来，后来他们俩成亲并生下了 3 个儿子，大儿子就是藏族的祖先，二儿子就是彝族的祖先，小儿子就是汉族的祖先，于是人类又得以繁衍下来。从此，彝族人世世代代崇敬金竹，视金竹为民族的救世主，并因此产生了各种各样的民俗传统活动，以予祭祀金竹和祖先。久而久之就形成了传统的节日，而以跳弓节最为隆重。

此类传说还有另一种是九公之说，在此不加以细述。

2. 金竹生育说

相传很久以前，一位孤身的中年人，上山劳作，过河时，一条丈许长的金竹从上游漂来，停在他的左腿边，久久不肯流走。他将那根竹子拿回家。后从竹节里落下 5 个小娃娃。这位中年人含辛茹苦地把他们抚育成人，并按他们落地的先后顺序，排位为老大、老二、老三、老四、老五。这 5 个小孩对抚育他们的老人十分孝敬。老人临终时，把 5 个孩子叫到跟前，给他们一一作了分工：“老大留在原地种竹，编竹器、卖竹器为生；老二到坡地种棉、栽旱稻；老三上山狩猎；老四去当铁匠；老五去打石做石匠。”这 5 个孩子按照老人生前的嘱咐，自谋生计去了。后来逐渐繁衍为五支彝族。此传说还有金戈铁马说与之相类似。

以上的传说，说明彝族人对金竹的崇拜不仅是出于一种图腾信仰或祖先崇拜，而更是付之以更多的文化内涵。这使彝族人世代传承对金竹的崇敬，并付应了一系列的节俗祭祀活动。

从跳弓节活动的内容以及有关的民间传说看出，跳弓节所体现的是人们对于金竹的虔诚崇拜，是原始社会的植物崇拜的遗风。金竹崇拜属于植物崇拜的范畴，植物崇拜产生于原始社会的采集经济，当时人们的生存、生活很大程度上依赖于植物，生活中的很多需要看做是对象的善意赏赐，从而产生对植物的神秘观念，并力图通过一定的仪式对植物表示感激，从而形成了植物崇拜。

随着社会的不断发展，金竹崇拜的形式和内容也相应发生了变化，其神性与功能也由原来的自然属性逐渐被赋予了社会属性。从有关跳弓节的故事传说和有关金竹歌的内容中可以看出，人们崇拜的金竹除了具有对彝族人们的生活所需，即用于造房、编织生活用器的功能之外，还衍生出拯救人类、消除灾难、生育人类、保佑村寨平安、人丁繁衍、六畜兴旺和祛难消灾的神性和功能。这是人们赋予金竹以社会职能的结果。

值得一提的是，金竹崇拜已不仅仅是属于植物崇拜，同时它也是图腾崇拜。作为图腾崇拜物一般须具备以下条件或特征：（1）图腾崇拜物与本民族具有特殊的亲缘关系；（2）具有与该亲缘关系相关的世代相承的感生神话；（3）其图腾物为该族群的族徽或标志；（4）对本民族的图腾形成一套祭祀和禁忌。

按照上述图腾所具备的基本要素来看：其一，在有关跳弓节的神话传说或世代传诵的与金竹有关的经诗中，都发现其民族与金竹有亲缘关系的迹象。传说当中具有金竹生育的系列感生神话，也有金竹生彝王的经诗；其二，历史上金竹一直是彝族村寨的一个标记；其三，对金竹崇拜形成了一套完整的祭祀和禁忌，并世代相传至今。由此可见，彝族的跳弓节以及崇拜金竹之俗，不仅属于植物崇拜，还是一种图腾信仰。

（二）社会功能

跳弓节与金竹崇拜作为彝族的一种历史文化现象，它必定具有它独特的社会功能。随着彝族社会的发展和人们物质生活条件的不断改善以及其思想观念的变化，其社会功能必定相应地发生变化。通过跳弓节这一族祭活动节日，具有以下几个方面的作用。

第一，有利于加强民族的内部联系，增强民族的向心力和认同意识，促进民族的团结与凝聚。跳弓节是那坡县彝族地区民间一个规模盛大的传统节日。节日中各村寨都会相互联络探听，尽量错开，使大家都有机会参加，相互交往。并盛情邀请对方，四方宾客欢聚一堂，互相宴请，互相交流，尽情歌唱。因此，跳弓节实际也是一次民族的聚会，不仅使周围的各兄弟民族有机会欢聚一堂，沟通感情，交流信息和生产经验，增进相互之间的了解，加深感情，促进民族的团结。也为本村寨的人们可以借此机会进行更好的交流，也增进彼此之间的了解，更增进彼此的关系。

第二，展示了本民族的传统文化风貌，有利于彝族优良文化传统的继承和弘扬。跳弓节不仅是一次民族的大聚会，也是一次彝族传统文化的展示会。节日当中，不论是各种丰富的歌舞如五笙舞、铜鼓舞、木鼓舞、彝胡舞、扇子舞、盾牌舞、铜仙舞等、山歌的对唱，还是祭祀金竹祈求风调雨顺、五谷丰登的美好意愿等一系列仪式，都是该民族的一种特殊的文化习俗和文化心理的全面展示。同时，由腊摩或萨喃所唱诵的经词叙述本民族的由来和创业的艰辛历程，以及先民在生活和发展实践过程中形成的各种风俗习惯，不仅使人们从中受到一定的启发和教育，也增进了对自己民族历史和传统文化的了解，从而激发他们更加热爱自己的民族和自己的家乡。

第三，调节和稳定人们的思想情绪，维持心理的平衡，从而获得精神上的安慰和满足，也丰富了山区民族的文化生活。人们虽然以大自然或者一切社会的变迁无法驾驭或难以理解，但人们毕竟尽了自己的努力，不管是否达到了企盼的效果，却也能心安理得，并在心中存在着不灭的希望，人们就会不断的进取。在此，民族欲求生存与发展的内在机制依然发挥着较大的作用。在跳弓节流行的那坡县彝族地区，地方偏远，处天重山之中，各个村寨分布于崇山峻岭之中，人们长期处于狭小的空间里劳动与生活，不仅文化娱乐生活单调，而且与外界的交往也较少。通过这一传统节日，使得周围的人们可以有机会聚集一起进行交流，互相歌唱，尽情载歌载舞。同时，也为男女青年提供了一个寻找对象的好机会。

第四，有利于民族传统文化的继承、变革和节日功能的转换。跳弓节，原先就是传统宗教族祭活动，当中崇拜的金竹是具有神力的保护神和生育神，与人们的生活息息相关。彝族先民对金竹崇拜的虔诚以及隆重的祭祀仪式，有着浓厚的宗教意味。因而，其节日连同各种仪式便世代相传下来，年年依俗而行，不可更改。虽然“文化大革命”中除“四旧”被禁止，但一种习俗及其观念的形成，具有很强的稳定性和惯性，是不容易消除的。在这期间人们还是以简单的仪式来继续着这一传统习俗。改革开放以后，由于这社会和经济的发展，人们的生活和思想观念也有了较大的提高，跳弓节也随之发生了变化。其原本的宗教意味已趋淡薄，而人们对于在节日当中的祭祀仪式是否能达到预期的效果并不感到特别的关心，只是按照仪式步骤进行，更多的是关心和重视娱乐，节日的娱乐性明显的增强。节日活动的内容注入了更多的表演节目，比如一些竞技类表演。其中的舞蹈和歌唱也出现了多样化形式，多以表演为主，减少原本具有的一些祭祀和祈福歌舞。使其更容易吸引众人的参与，舞蹈的步法越来越简单化，更体现优美的艺术感和表演性。节日的步骤和环节也有所删减。同时已参入了商业的气息，各种商贩在节日中摆出了各种各样的商品，使人们在欢庆节日的同时又可以买到一些所需的商品，使得传统的节日充满了时代的气息。这是传统节日社会功能的转化，也是民族节日文化发展的必然规律。

四

高尔基说："语言艺术的产生在太古时代人的劳动过程中，这是大家公认和确定的……语言包含着人类的创作活动与自然界抵抗的斗争方式的科学原理。"① 由于古老的彝族文字在桂西边山彝族地区已失传，各种民族民风的深刻文化内涵，就蕴藏于祭司念诵的口传经诗之中。许多古老的神话、传说、创世史诗、传统农事诗，都在当地祭司腊摩、萨喃吟唱的经诗中得以完整保存与流传。综合起来有八大亮点，即：伦理道德教育；祖先来历神话；当地彝族迁徙史；祭司传宗接代史实；虔诚祈祷和驱邪禳灾；期盼人寿年丰；农耕习俗掠影；生活常识和生产技能传说。

（一）关于伦理道德教育

经诗每一套都蕴涵着正直做人、扬善惩恶和因果报应的观念。各种经诗开头都有类似"祖父创天规，祖母开天门；天规不可犯，天门不可误"、"你犯了天规，天理要问罪；你误了天门，归仙无地容"的句子。这里说的"祖父"、"祖母"，指的是本民族始祖。"天规"、"天门"则喻人间的伦理道德观念。从某个宏观角度看，一套套彝族腊摩经诗，是一篇篇、一部部伦理道德教育的教材。如在跳弓节和其他众多礼仪中吟诵唱的《欧氏经》、《扛氏经》、《仲氏经》，就是以经诗的形式叙唱不孝之子遭受惩罚、报应的故事。

---

① 高尔基著，孟昌、曹葆华译：《高尔基选集·文学论文选》，414页，北京，人民出版社，1958。

社会伦理是人们融洽生存的规则。在桂西边山彝族地区，社会伦理也往往以口头文学艺术方式进行传承。在漫长的历史长河中，由于无成文的伦理规范，彝族先民通过口头文学的形式来教育后代。这种口头文学的形式，既感人又发人深省，教育意义十分深远。如经诗中吟及的阿康就是彝族某代祖宗名字，由于年老体弱，被子孙迫害致死。跳弓节里，祭司腊摩在跳弓场上讲述阿康的生平，意在教育子孙要孝敬前辈，否则天理不容，必将遭到报应。

阿康是祖公，有儿又有女。当初的岁月，当初的时辰，

阿康尚年富，全身力气壮，男儿迎笑脸，女儿送热汤。

阿康到六旬，六旬刚出头，男儿成后生，女儿成姑娘，

后生与姑娘，同谋共商量，暗算亲生父，生父是阿康……

天上有天理，地上有人道，天理不可逆，人道不可弃，

父母养子女，子女孝父母，阿康离人间，天地永长存。

天地有多久，人情有多长，天地永不灭，人情世世传。

（二）关于彝族来源

《叙族谱》是一节吟唱最普遍的仪式歌，祭司在出门主持各种风俗仪式（包括跳弓节）前，在自家堂屋里面对祖灵位，吟唱《叙族谱》。歌词前半段叙述本民族祖先身世及分宗情况，每个祭司每一次的吟唱都是不变的。后半段根据不同的仪式及祭司各自的不同的家谱而改变。经词的内容反映彝族悠久的历史及他们对金竹的崇拜由来已久。

要说我祖先，得数上千年，千年说不完，千年道不尽；

远古的时候，出了个阿喽，天下有人类，阿喽头一个；

世人唱祖先，先得说阿喽，不念老阿喽，就难找根源；

阿喽生养了阿郎，阿郎活了百十代，阿郎后面是阿谷，阿谷是我

彝家的始祖。

阿谷生得怪，阿谷长得奇，八千年以前，他在雪地里。

阿谷后代是阿列，阿列掌的是竹片，莫说竹片小，围得篱笆种金竹。

金竹不断根，金竹不落叶，年年祭金竹，年年敬阿列……

在云南、四川和广西一些彝族地区流传着个神话，说天神用雪块造成人，这人就是彝族的最高祖先。换句话说，彝族的第一代祖先是雪人。经诗说始祖阿谷来自雪地里，点明了“雪块造人”这一神话的主题，以幻想方式说出了本民族始祖的来历。虽然这是个幻想，不足为信，可它作为彝族先民最早创作的作品，是他们智慧的表征，一代又一代地传承下来。词中的“百十代”、“八千年”属虚数，不可作依据，而各个祭司点及的祭司名字却是代代相传，直至念诵者本人，故可以作为推算当地彝族下榻定居大约数据之一。就达腊村达腊寨而言，2006 年在任的腊摩梁绍安吟念他是当地彝族第 49 任的腊摩。以每一任 25 年计算（多为 53 ~ 78 岁），则当地彝族于现之地的时间不下 1200 余年（49 ×25）。

（三）关于彝族迁徙史

彝族先民何时入桂，在汉文史籍中难以查寻，而亡灵所经过的路线，又恰是彝族某个支系某段生活历程和某个时代迁徙的历史。比如广西那坡县境内自称“芒佐”支系的彝族，其祖先发祥地为云南大理一带。由此，经诗作为一种口传史，具有其十分宝贵的历史价值。摘录如下：

千百年以前，腊俩老祖先，“理旦毛考卡，普尔梅他送”，

“卡隆盟那啊，岜嘎占那现”，异族多箭矛，祖孙进山间，

多蒙大竹林，留得我祖先。不知哪一年，腊俩老祖先，

赤脚行千里，来到泉水边，泉边人势众，粮种难下土，

辗转又搬迁，来到巴当前。巴当山势雄，收容我祖先，

年年四月间，敬祭大山神，年年四月间，敬祭老祖先……

“腊俩”即今达腊彝寨。“理旦毛考卡，普尔梅他送”“卡隆盟那啊，岜嘎占那现”四句系彝语音译，意为生在理旦的天下，长在普尔的地上，老祖在当地，饱受战乱的煎熬。“理旦”和“普尔”，即今云南大理和普洱。相传在三国战乱时期，南中地一部落首领孟获归附诸葛亮后，部分夷人沿着今云南的昆明、石林、陆良、广南等滇东南一线迁徙，直至进入广西境内。又有部分自大理沿着普洱河南下，进入越南边山林，折回中国广西。两路先民会合于广西那坡境内，他们就是今彝族的祖先。

（四）祭司的传宗接代

在经词中，祭司叙古引今，将一代代的祭司一一点及，体现出祭司的一脉相承，从不间断。祖先在彝族人民心中的地位是崇高的，经词折射出彝族的祖先崇拜心理，后世要永远铭记自己的祖先，牢记民族的根。族人在聆听祭司诵经之时，自然会追忆历史，抚古思今，明白为人处世之道。

千年老祖宗，百代老祭司。世世叙族谱，代代诵老祖。

……

头祖是太道，二祖是太胡，三祖是太庆，四祖是太论，

……

三十二是太祥，四十二代是我阿旺。

这是20世纪80年代中期立位的第二祭司王氏阿旺念诵的一段经词。从经词中可知阿旺是当地彝族第42任第二祭司，说明第二祭司（萨喃）的出现亦有近千年的历史。当然，这里所提及的有些年代是

用于表示多数，但也能体现当地彝族在现居之地落脚的年代久远。

以下一节经词，正是这种情况：

我祖我来叙，我祖我来供。叙祖叙百世，供祖供千代……

孝子八十辈，孝孙九十代，辈辈不忘祖，代代供祖先。

（五）虔诚祈祷和驱邪禳灾

这是乡亲父老的深情愿望。古老时候，先民们在艰难困苦中企望着吉祥安康，无灾无害，平安度日，祭司腊摩、萨喃所吟诵的经词，也就少不了众人所期盼的内容。每年四月跳弓节头日，祭司在村头隘口举行祭山神活动中，吟唱的《祭山神》，就是一例。彝族人认为山神主宰着收成的好坏、牲畜繁衍衰旺以及人们的平安健康，所以对山神特别崇拜。经词唱出彝族人对山神的敬畏，彝寨周围的每一座山的土地神都被请到，献上美酒佳肴，其目的就是请山神保佑全寨人诸事平安。

四月的今日，四月的今朝，跳弓节来临，我祈祷开腔。

祈祷大山神，祈祷悬崖仙，往后的日子，往后的时辰。

寨上众男女，进山做活路，土坎边避雨，大树下乘凉。

高高的大树，飓风刮不倒，硬硬的土坎，雷雨打不跨。

腊盟户头上，户户满堂光，腊盟老少口，人人免遭殃。

……

山神造土地，土地育万物……

众人敬祖先，先得敬山神……

（六）期盼人寿年丰

广西那坡地处中越边陲、南国高寒山区，农历四月的跳弓节正逢种稻插秧季节，第二祭司“萨喃”在跳弓场上，挑着小零担，手握纸扇，环绕金竹丛吟唱《绕场词》。这是一首反映彝族人民创世艰难的农事诗，叙述了彝族人民古往今来插秧种田的曲折经历，同时寄托了他们对当年丰收的渴望，对后代子孙具有教育、启发意义。

彝家种稻田，话得从头言，祖先种上谷，难得比今天。

多少时代前，祖先离故土，深山引水来，劈坡造园田。

……

九天又九夜，九夜又九天，顶着风和雨，操劳在田间……

（七）农耕习俗掠影

跳弓节头天，祭司腊摩在跳弓场金竹丛边吟唱《请粮种》，内容讲述了彝族先民到天上找粮种，第一次拿银器去换，但回来的路上谷子为了不落入小鸟口里，躲到洞里不出来；为了再次找到粮种，彝家人又带上最珍贵的铜鼓去换粮种，最后历经千辛万苦，终于把粮种带回到彝寨。诗词的内容丰富多彩，想像力极为丰富，既有神话般绚丽的想象，也有历史真实的影子。把粮种的来历追溯到天上，视为神赐之物，体现了万物有灵的观点和对粮食的崇拜与珍惜。粮种会说话，会找地方躲起来，在现实生活中是不可能的。但在古代，彝族先民对人类赖以生存的粮食的来源给予的解释，与粮食的地位是相称的，粮食养育人类，神圣而伟大。彝族先民解释世界的方式充满了浪漫色彩：

远古的时候，天地刚开张，阿谷生彝家，来不及造粮，

彝家人在世上，不知吃哪样……

众老同商量，上天去找粮……

那时彝家人，铜鼓最宝贵，为了取谷种，铜鼓也带上。

……

老祖见铜鼓，认出自家人，拿出稻谷种，教亲人育秧。

……

有粮食忘祖，有粮代代种……

年年到四月，彝家跳弓节，父老到村头，请来了谷种。

（八）生活和生产技能的传说

祭司念诵的各类经词，大部分以《吟酒曲》开头。这节起头经讲述了彝族先民发现酿酒技术的过程。古时候，有位叫水妹的彝族姑娘有一次送饭时偶然用一种树叶来盛饭，结果大家发现送来的饭带酸甜味，大伙追究原因，发现盛饭的树叶是酒曲叶，于是用山上采回来的树叶酿酒。其间也经过多次失败，但彝人毫不气馁，多方求教，终于酿成美酒。经词生动地反映了彝族先民聪慧、善于探索发现和不屈不挠的精神，也是他们生活生产实践的折光反映。

双掌揉酒曲，手皮绽开裂，手指抓酒曲，酒曲好辣疼，

皮绽要忍住，手辣要顶住，满身的苦劳，把酒饼做好。

……

有水自有河，有水酿成酒，清水流不断，美酒世世生。

不言而喻，腊摩口传经诗是当地彝族非物质文化的深层表现，展示了彝族先民丰富的想像力和浓厚的浪漫主义色彩，是当地彝族文化树上的一根常青藤，一头连着历史，一头连着现实，千百年来绵延不绝，是彝族先民聪颖的创作和记忆，是世代彝族民间艺人智慧的传承和发展。腊摩和萨喃在每项风俗仪式乃至各种仪式的每个环节，都有众多的经词。其中，跳弓节期间吟诵和长老葬礼仪式上念唱的经诗内容更为丰富，文化价值更高。

2010年8月15日于南宁明东175号

说　明

跳弓，即跳弓节，彝语称“孔稿”、“卡契”、“嘈契”。这是广西西部那坡县“芒佐”支系彝族的盛大节日，已有上千年的历史。节日期间，除了众乡亲举行各种纪念、祭祀和表演性的歌舞、竞技活动外，还有祭司“腊摩”和“萨喃”或面对当地族人祭祀中心的族祭宫，或环绕舞坪中心的金竹丛，或持弓戴剑，分别远眺东南西北，以不同的调子和不同的情绪，滔滔不绝地吟唱各种既充满着哲理观念，又不乏神奇文学色彩的经诗。

这些经诗涉及当地彝族人民生活的各方各面，涵盖着本民族整体的文化、历史、宗教、哲学、思想、观念、习俗和民间歌舞、传统工艺等宏富内容，以神话手法，生动形象地反映了当地彝族迁徙的历史，对研究彝族文化历史和社会生活有一定的参考价值。译注者经过十多年（届）的现场采录，在不损害其本意的前提下，做些程序上的变动和语句上的规范化。译注本根据达腊彝寨几位腊摩的吟唱翻译、整理和注释，各章节顺序亦作了较大的调整。

本书名《弓场神韵》及各章节的小标题名称，均系译注者根据经诗相关内容而确立，其中有部分与原经有一定的出入，但主旨并没有改变，同样可以看着原件加以研究。

流传地区：广西那坡达腊彝寨

采录时间：1987 年 3 月

标音注释时间：2008 年 8 月

传诵者：黎克明（时年 79 岁，彝族大祭司）

王光实（时年 49 岁，彝族二祭司）

梁绍安（现年 84 岁，大祭司）

搜集译注和标音：王光荣（彝族，广西师范学院教授）

序　经（登台词）

[pie^{41} ou^{24} tɑŋ^{35}]

国际音标： lɑ^{33}liɑ^{3} ʂei^{33}lɑi^{1}k‘iei^{33}，

意　　译： 腊俩土地上，

lɑ^{31}ɱin^{3} ʂei^{33}lɑi^{1}k‘iei^{33}，

腊敏这地方，

toŋ^{33}ʐɑu^{3}loŋ^{31}ɡuo^{31}ɱɑ^{24}，

东饶①寨里头，

jɑ^{33}ʐɑu^{3}loŋ^{31}ɡuo^{31}ɱɑ^{2}，

压饶寨头上，

ɡoŋ^{31}kɑu^{2}nɑi^{3}ven^{35}ʐɔ^{25}，

“孔稿”② 日子到，

ʤɑi^{35}kɑu^{35}ʐɑ^{41}lo^{31}ɱiɑ^{35}。

祭祀活路多。

ɣu^{35}nɑi^{35}bɔɱ^{41}ʤɑi^{22}kɑu^{35}，

头天祭山神，

ɑ^{31}nɑi^{22}bɔ^{41}ʤɑi^{24}kɑu^{35}，

二天祭乐神③，

---

① 东饶：与下句的“压饶”均泛指彝族老祖下榻的村寨。

② 孔稿：原意为祭祀欢乐之神，此为彝族一年一度盛大跳弓节的代称。

③ 乐神：与下句“绣神”，系欢乐之神和锦绣之神的简称。“锦绣之神”可理解为美好之神。

soŋ^{33}nai^{35}boŋ^{41}ʤai^{24}kau^{35},

三天祭绣神,

lai^{35}nai^{35}bia^{51}ʤiai^{13}kau^{35}。

四天祭亡神①。

ɱa^{31}kau^{35}ɱeiɱa^{22}sa^{51},

不祭山神地不宁,

ɱa^{31}kau^{35}biu^{31}ɱa^{24}ɱei^{35},

不祭乐神人不安,

ɱa^{31}kau^{35}luoŋ^{41}ɱa^{24}van^{41},

不祭绣神寨不旺,

ɱa^{31}kau^{35}p‘u^{35}ɱa^{35}ban^{41}。

不祭亡神族不兴。

---

① 亡神：指部族作战阵亡者之神，包括野外死亡而值得纪念的死者亡灵。

正经

[pie^{41} koŋ^{31} tɑŋ^{22}]

一、酒曲颂

[die^{35} tɑn^{41} sie^{51}]

(一) 啊呃——

国际音标： ɱiɑ^{35}hiɑŋhu^{35}lɑ^{22}huŋ^{22},

意　　译： 香香白米饭，

die^{35}sɑi^{33}ɱiɑ^{25}nɑ^{51}ȵɑu^{25},

配上了酒曲，

luoŋ^{24}nɑ^{51}ȵɑu^{25}tɑ^{33}li^{35},

细细来搅匀，

luoŋ^{24}nɑ^{53}jiei^{25}tɑ^{33}li^{35}。

细细来发酵。

dɑ^{41}piɑ^{25}bin^{41}tɑŋ^{31}tin^{31},

蕨叶垫箩底，

ʤi^{31}pɑ^{22}bin^{41}ɡuo^{31}biɑn^{22},

酒酿装进箩，

vəi^{31}liɑu^{33}bin^{41}tɑ^{33}bən^{22},

“韦料”① 封箩口，

---

① 韦料：彝语音译，用于发酵的一种长叶草本植物。

lai^{51}ka^{53}pai^{25}ɱa^{35}saŋ^{35}。

御寒保暖气。

lai^{51}ka^{51}pai^{25}ɱa^{35}saŋ^{35}，

御寒保暖气，

niei^{51}dau^{24}ɣuo^{25}tie^{22}ləi^{25}，

精心来管理，

ɣiei^{51}ɱa^{13}sə^{31}ʤau^{24}niaɱ^{51}，

心想过河要架桥，

pia^{35}jiŋ^{35}jio^{51}ɱa^{35}sa^{35}。

心想吃蜜先酿蜜。

（二）权宜计心来

ɱa^{31}pəi^{31}soŋ^{33}nai^{35}to^{51}，

日头出三次，

la^{22}pa^{33}soŋ^{33}gui^{33} la^{41}，

月亮上三回，

ʤi^{31}pa^{22}ɱən^{35}dan^{33}ŋaɱ^{31}，

酒娘仍涩口，

ga^{31}ɱia^{22}ʤi^{31}ɱa^{35}ŋaɱ^{35}，

米饭不改味，

pəi^{22}su^{31}tɕaɱ^{51}la^{22}qun^{31}，

父老婆姨来聚会，

p‘a^{22}p‘a^{22}tsau^{31}jiəi^{22}to^{51}。

众口开言献智慧。

buɱ^{31}na^{51}ɱa^{35}hau^{24}ʐa^{51}，

上山寻草果，

jia^{51} guo^{31} kəŋ^{22} du^{35} li^{35}，

下地找山姜，

ɱa^{31} na^{25} tu^{35} ɱəɱ^{35} sə^{31}，

清早出门上远路，

la^{22} pa^{33} k‘iəi^{41} na^{51} kuo^{22}，

打转回屋伴月亮，

ʤau^{35} p‘a^{22} k‘i^{31} ɤəi^{31} lian^{51}，

公婆脚杆挂破皮，

ɱaŋ^{35} p‘a^{22} la^{24} ɤau^{35} nu^{35}。

爹娘手板受了伤。

luoŋ^{53} liaŋ^{53} ɱi^{35} tau^{25} ɱau^{33}，

快快生炉火，

tou^{33} guo^{41} qa^{41} kəŋ^{22} t‘uoŋ^{35}，

石臼捣山姜，

ʂau^{31} ɱi^{24} ɱa^{31} hao^{35} nai^{51}，

炉火烘干草果籽，

tsau^{51} go^{31} qa^{41} kəŋ^{22} lou^{51}，

铁锅加热炒山姜，

ʤi^{31} pa^{22} die^{35} sai^{33} sie^{51}，

酒酿加了料，

ʤi^{31} ŋiəi^{22} χuɱ^{24} la^{31} χuɱ^{22}。

味儿阵阵香。

die^{35} t‘an^{41} die^{35} t‘an^{41} ti^{24}，

酒曲哟酒曲，

ɱia^{25} ɱu^{35} ʐa^{31} ɱa^{35} ŋai^{33}，

同那米饭不一样，

die^{35} sai^{33} doŋ^{41} li^{24} gai^{22}，

加入了味子，

ʤi^{31} sa^{22} nuɱ^{41} kau^{35} dan^{13}。

十里飘醇香。

die^{35} t'an^{41} die^{35} t'an^{41} ti^{24}，

酒曲哟酒曲，

die^{33} tan^{41} ga^{33} ɱu^{41} tie^{22}，

酒酿酿米酒，

tie^{31} t'ai^{35} die^{35} na^{51} ba^{31}，

一来靠酒曲，

niəi^{25} tai^{35} ɱia^{25} na^{51} ba^{31}，

二来靠酒酿，

guoŋ^{31} nai^{24} vua^{3} na^{35} ɤo^{25}，

欢乐的日子，

guoŋ^{31} ʨie^{24} vua^{3} na^{35} ɤo^{25}，

欢乐的时辰，

ŋa^{31} lai^{25} tie^{35} tan^{41} sie^{51}，

我来念酒曲，

ŋa^{31} lai^{25} ga^{33} pa^{33} sie^{51}。

我来唱酒酿。

bo^{51} nai^{24} ɣuo^{25} la^{41} ʨie^{24}，

锦绣的日子，

ŋa^{31} lai^{25} die^{35} tan^{41} que^{31}，

我来诵酒曲，

bɑn^{51} nɑi^{24} ɣuo^{25} lɑ^{41} ʨie^{24}，

美好的时辰，

ŋɑ^{31} lai^{25} die^{35} tɑn^{41} sie^{53}。

我来叙酒酿。

kɑ^{31} suo^{22} kɑ^{31} ou^{22} tɑi^{51}，

行路看方向，

jiɑ^{51} ɱu^{31} jiɑ^{51} ou^{22} ʐɑ^{51}，

播种择地方，

gɑ^{33} ɱu^{41} gɑ^{33} ʥiŋ^{24} ʐɑ^{51}，

米酒上场寻酒缸，

nɑi^{35} ʥi^{41} tsɑu^{35} tɑi^{35} ɱu^{41}？

今日办酒为哪样？

ʤɑu^{35} ɱɑŋ^{35} kɑ^{41} toŋ^{31} tɑ^{22}，

祖先开了路，

ʤɑu^{35} ɱɑŋ^{35} tɕʻie^{41} ɱu^{31} tɑ^{22}。

祖先定了根。

kɑ^{31} ou^{22} en^{35} dɑn^{24} niəi^{31}？

路头在哪里？

jie^{31} ŋui^{33} en^{35} nɑ^{51} nəi^{31}？

根子在何方？

ɱɑ^{31} que^{41} ɱɑ^{31} səi^{33} ʐɑ^{41}，

不说不开窍，

que^{31} lɑi^{22} tɑŋ^{35} ʤɑ^{35} ɱiɑ^{35}。

说来话题长。

ɣɑu^{31} lɑi^{22} jie^{24} tɕʻiɑn^{22} luo^{51} ,

算来千百岁，

die^{31} tɕiɑn^{22} ɱɑu^{35} guo^{33} tɑu^{35}。

千百岁嫌短。

wu^{33} gɑi^{22} lɑ^{31} gɑ^{51} pəi^{22} ,

当初众男儿，

ɣɑɱ^{51} tʻɑu^{33} vɑ^{31} di^{35} ɱu^{41} ,

打铁造刀斧，

vɑ^{31} di^{35} lɑ^{25} nɑ^{51} suɱ^{22} ,

刀斧上了手，

kɔ^{25} lɑi^{25} ɱɑ^{31} bɑi^{22} tʻɑu^{33}。

又来造锄头。

lɑ^{31} gɑ^{51} vɑ^{31} di^{35} pɑŋ ,

后生携刀斧，

lɑ^{31} buɱ^{4} ɱɑ^{41} bɑi^{22} bɑ^{25} ,

肩膀扛锄头，

dɑ^{51} die^{22} buɱ^{31} ʤoŋ^{25} li^{25} ,

爬过高山顶，

ŋɑŋ^{51} tɕin^{31} die^{24} pu^{41} nɑ^{51}。

登上十里坡。

so^{33} die^{22} ŋun^{31} guo^{31} li^{35} ,

走进大森林，

jiɑ^{51} ɱiɑ^{41} ɱɑ^{41} hou^{22} jiu^{33} ,

开荒种禾谷，

ɱɑu^{35}gɑɱ^{31}ɱɑu^{35}gui^{33}ɱu^{31}，

清早到夜晚，

buɱ^{31}tɑ^{33}kiɑn^{24}kiɑi^{31}ɱu^{31}。

忙碌在山上。

（三）怪味的午餐

wu^{33}nɑi^{24}ʤɑŋ^{35}sɑ^{35}sə^{41}，

那日过半晌，

loŋ^{31}go^{31}sɑ^{31}ɱi^{35}p'ɑ^{35}，

寨中一姑娘，

kɑu^{24}ɱɑ^{41}tɕiŋ^{24}lɑŋ^{35}biei^{22}，

背上竹篓筐，

buɱ^{41}nɑ^{51}ɱiɑ^{25}soŋ^{51}lɑ^{31}。

送饭到山上。

sɑ^{31}ɱi^{35}pɑn^{51}pɑŋ^{33}qɑ^{33}，

姑娘不带盆，

biu^{31}peitie^{41} –ɱpɑŋ^{41}qɑ^{33}，

众人没带碗，

sɑi^{33}piɑ^{35}gou^{33}pɑŋ^{33}lɑi^{25}，

摘下树叶子，

pɑŋ^{33}tie^{24}tie^{41}ɱu^{31}lɑi^{25}。

当碗来使用。

pei^{22}su^{31}vən^{25}tuɱ^{22}lɑi^{25}，

众男围拢来，

ɱia^{25} bian^{22} tou^{33} paŋ^{33} la^{31}，

端起叶包饭，

soŋ^{33} guan^{35} tie^{31} guan^{35} ɱu^{31}，

三口并一口，

lai^{35} guan^{35} ɣo^{25} go^{41} ei^{31}。

四口吞下肚。

ɱia^{25} liuo^{31} ʐo^{25} taŋ^{41} ei^{31}，

几口吞下肚，

biu^{31} pei^{22} ɱən^{35} p'iaŋ^{35} lai^{25}：

众人同开言：

nai^{35} ʤu^{35} ɱia^{25} ɱa^{22} luo^{31}，

今日的米饭，

sa^{35} lai^{25} tie^{24} hau^{41} ŋaɱ^{31}。

味道不一般。

（四）盘根溯源

jie^{35} sou^{33} tie^{24} hau^{41} ŋaɱ^{31}，

——怎说不一般，

vəi^{35} na^{31} que^{31} lai^{22} ka^{35}。

请阿哥细讲。

ŋa^{31} ti^{35} tie^{35} hau^{41} ŋaɱ^{31}，

——我说不一般，

ga^{35} tʂ'au^{41} səi^{41} sou^{33} ŋaɱ^{41}，

好似掺槟榔，

ŋa^{31} ti^{35} tie^{35} xau^{41} ŋaɱ^{31}，

——我说不一般，

ɱia^{25} guo^{41} ʥi^{31} ŋiei^{22} xuɱ^{24},

饭中带醇香,

ŋa^{31} ti^{35} tie^{25} hau^{41} ŋaɱ^{31},

——我说不一般,

jie^{33} ʥa^{35} kau^{35} ŋaɱ^{35} luo^{51}。

道七八样味。

saŋ^{22} ɱia^{35} sa^{31} ɱi^{31} na^{51},

姑娘见人问,

jie^{31} t‘ai^{35} jia^{41} ɱa^{24} səi^{33},

道不出原由,

saŋ^{22} ɱia^{35} sa^{31} ɱi^{31} gue^{31},

姑娘听人讲,

jie^{31} t‘ai^{35} que^{41} ɱa^{24} p‘u^{35}。

不知为哪样。

ko^{25} li^{35} tiau^{35} na^{51} na^{53},

回头访父老,

t‘zau^{31} pəi^{22} dau^{35} ɱa^{35} to^{51};

父老费思量;

ko^{25} li^{35} ɱaŋ^{51} na^{51} na^{53},

转身问大娘,

ɱaŋ^{35} pəi^{22} dau^{35} ɱa^{35} ɤo^{24}。

大娘也异样。

saŋ^{22} ɱia^{35} ɱa^{331} səi^{33} təie^{24},

众人皆迷糊,

loŋ^{31} t$_{z}$au^{33} ɱaŋ^{35} ɱaŋ^{35} pa^{22} que^{31}：

寨老来开腔：

buɱ^{31} na^{51} ɱia^{25} ʤaŋ^{35} sa^{35}，

——山上进午餐，

jau^{35} pai^{22} ɱia^{25} doŋ^{41} ʐa^{35}？

盛饭是哪样？

ɱi^{35} ŋa^{41} tie^{41} ɱpaŋqa^{33}，

——阿妹没带碗，

səi^{51} pia^{22} tie^{41} ʐa^{35} taŋ^{22}。

树叶把碗当。

jau^{35} səi^{51} pia^{22} ɱa^{31} ko^{25}？

——那种树叶是咋样？

nu^{31} loŋ^{24} pən^{24} ȵi^{35} tsoŋ^{51}！

你等可思量！

tɕi^{51} ar^{22} pən^{22} tai^{51} la^{31}，

众男受启发，

sau^{33} ga^{41} ɱən^{35} piaŋ^{35} lai^{25}：

个个忙开腔：

səi^{51} pia^{22} wu^{33} ɱaṇ^{22} tai^{51}，

——莫非就是那树叶，

ɱia^{25} pai^{22} xuɱ^{24} la^{31} ɱa^{22}！

使得米饭带芳香！

loŋ^{31} tsau^{24} saŋ^{22} ɱaŋ^{24} pa^{22}，

寨老笑吟吟，

wu^{35} ŋuo^{51} ɱen^{35} biaŋ^{35} lai^{25}：

点头把话讲：

buɱ^{31} ɡuo^{31} sei^{51} tie^{35} ɱɑ^{35}，

——山中有苑树，

t‘uo^{33} die^{35} ɱu^{41} sɑi^{33} ɱɑ^{22}。

正是酒曲料，

p‘iɑ^{33} ŋou^{33} die^{35} piɑ^{35} ɱin^{41}，

摘中酒曲叶，

ʤi^{31} siɑu^{24} kɑ^{31} ɣɑ^{51} p‘u^{35}。

酿酒才对路。

biu^{31} pei^{53} sɑi^{33} biɑ^{35} pɑŋ^{33}，

众人拿树叶，

kɑ^{31} jiɑ^{51} pu^{31} suo^{22} li^{35}，

行程千里路，

ɱei^{31} tsɑu^{33} pɑ^{24} nɑ^{24} li^{24}，

去问土地主，

ɱei^{31} tsɑu^{33} ɱɑ^{35} nɑ^{53} li^{24}。

去问土地娘。

ɱei^{31} pɑ^{24} qɑ^{31} luŋ^{41} p‘ɑ^{22}，

土地主阿龙，

ɱei^{31} ɱɑ^{25} qɑ^{31} jiɑ^{41} p‘ɑ^{22}，

土地娘阿牙，

sɑi^{33} kɑ^{33} suo^{51} lɑ^{31} suo^{53}，

看了看树枝，

sɑi^{33} p‘iɑ^{35} ȵi^{35} lɑ^{31} ȵi^{35}，

辨了辨树叶，

ɱen^{35} ɱɑ^{13} duo^{51} tɑŋ^{35} ɱin^{31}，

异口同声把话发，

die^{35} sɑi^{33} sei^{53} ɱɑ^{13} jiɑ^{25}。

酒曲料子不必疑。

（五）艰辛的磨难

biu^{31} pei^{22} niei^{51} diu^{31} lɑ^{31}，

众人心开窍，

sɑo^{33} gɑ^{41} ɣə^{31} jiɑu^{31} lɑi^{22}，

人人喜洋洋，

lɑ^{31} gɑ^{51} lɑ^{31} ɱi^{35} pei^{22}，

晚辈的男女，

ɱɑŋ^{35} nɑ^{51} bɑi^{31} bɑ^{31} sie^{51}，

拜谢了寨老，

ʟuoŋ^{35} nɑ^{51} bɑi^{31} bɑ^{31} sie^{51}，

拜谢了阿龙，

jɑ^{41} nɑ^{53} bɑi^{31} bɑ^{31} sie^{51}，

拜谢了阿牙，

pei^{22} su^{31} ben^{24} və^{25} ɱin^{51}，

大伙同心思，

ʙuɱ^{31} nɑ^{53} bie^{35} ɣɑ^{51} li^{24}。

上山找酒曲。

Sɑ^{31} ɱi^{35} lɑ^{31} gɑ^{51} pei^{22}，

后生姑娘们，

nɑ^{31} ɱei^{35} tsɑr^{33} tie^{22} li^{35}，

选择好日子，

və^{25} dɑn^{22} buɱ^{41} nɑ^{51} li^{24}，

一路上山去，

die^{35} pia^{35} die^{35} sai^{33} ʐa^{51}。
采集酒曲叶。

die^{35} ɱa^{22} sai^{33} kaŋ^{33} niei^{31}，
酒曲在大树，
sai^{33} kaŋ^{33} kau^{35} lua^{35} kaŋ^{22}，
大树九抱粗，
sai^{33} ɱa^{35} dian^{22} na^{51} jiau^{33}，
站在树跟前，
die^{35} pian^{35} bin^{51} ɱa^{35} ʐa^{35}。
难得采嫩叶。
la^{31} ga^{51} sai^{33} ɱa^{35} ta^{51}，
后生轮流攀大树，
kau^{35} buo^{51} ta^{51} luo^{31} ʐaŋ^{25}，
九次攀爬九次落，
biu^{31} ɱia^{24} ga^{31} ti^{35} ɱu^{41}，
众人齐心架人梯，
sie^{51} pa^{22} sai^{33} oŋ^{41} tiaŋ^{31}。
十人顶头上树梢。
ɱia^{35} lai^{22} sai^{33} ka^{33} lian^{51}，
镰刀砍树枝，
sai^{33} ka^{33} qie^{51} la^{31} qie^{51}，
树枝硬钉钉，
ɱia^{35} lai^{22} kau^{35} k‘aŋ^{35} ɱa^{22}，
九把大镰刀，
ɱen^{35} giau^{41} kuoŋ^{51} tsuo^{33} gau^{22}。
缺口又断腰。

biu^{31} pei^{22} ɱiɑ^{35} jiu^{41} tɑ^{22}，

众人放下刀，

lɑ^{25} sie^{51} sɑi^{33} piɑ^{33} ɤɑu^{51}，

徒手捋树叶，

tie^{31} ʤiɑŋ^{35} niei^{24} ʤiɑŋ^{35} ɤɑu^{51}，

捋了一时辰，

lɑ^{31} ŋuɑ^{35} su^{41} buo^{51} qun^{31}。

手叉裂开道。

sou^{33} suo^{51} sɑi^{33} p‘iɑ^{35} kɑŋ^{33}，

莫看树叶粗，

die^{35} ɱu^{41} ŋɑɱ^{22} ŋɑɱ^{22} ɱin^{31}，

正好做酒曲，

biu^{31} pei^{22} sɑi^{33} piɑ^{35} kuɱ^{35}，

众人拣树叶，

bin^{41} bin^{41} pɑŋ^{33} kuo^{25} li^{35}。

筐筐带回屋。

（六）高力度酒曲

soɱ^{51} ɡuo^{31} sɑi^{33} p‘iɑ^{35} t‘oŋ^{35}，

踏碓舂树叶，

soɱ^{51} ʥɑo^{51} k‘i^{31} ʐuɱ^{24} ʐə^{31}；

踩得脚杆疼；

P‘ə^{35} ʐə^{41} jie^{25} liɑɱ^{51} nɑ^{31}，

筛子筛细屑，

jie^{25} liɑɱ^{51} diu^{24} nɑ^{51} sɑŋ^{24}，

细屑伤眼睛。

la^{25} ar^{35} jie^{25} liaŋ^{51} ȵau^{25}，

十指搅细屑，

la^{25} ar^{35} p‘in^{41} gau^{33} sou^{33}，

十指辣如断，

la^{25} va^{35} die^{35} ɱa^{41} liaŋ^{24}，

双掌抟酒饼，

va^{35} kuŋ^{41} toŋ^{41} la^{31} sou^{33}。

掌心被穿孔。

die^{35} ɱa^{41} liaŋ^{35} tie^{25} na^{35}，

抟好了酒饼，

bin^{41} guo^{31} soŋ^{33} nai^{35} jiei^{41}，

盛箩炆三日，

bin^{41} gaɱ^{22} p‘iaŋ^{35} tie^{22} ȵi^{35}，

打开竹箩盖，

die^{35} sa^{33} huɱ^{24} la^{31} huɱ^{24}。

酒饼味醇香。

ɱa^{31} piei^{41} oɱ^{31} tɕie^{24} k‘i^{31}，

顺有好阳光，

biei^{31} ki^{31} qa^{31} die^{35} lau^{33}，

晒台晒酒饼，

ŋa^{51} ban^{33} baŋ^{35} sə^{41} la^{31}，

阳雀飞过来，

ga^{51} die^{35} ŋa^{22} duo^{33} sa^{35}，

啄吃新酒饼，

jia^{33} luo^{41} ŋa^{51} ban^{33} jia^{33}，

可怜那阳雀，

bei^{31} la^{31} jie^{25} paŋ^{22} tie^{25}，

来去一帮帮，

ga^{31} die^{35} ʐo^{25} na^{51} ei^{31}，

酒饼吃下肚，

ɱa^{24} ɱa^{24} sou^{33} jai^{51} gun^{31}。

一只只身亡。

ŋa^{51} ban^{33} tsau^{35} tai^{35} jiai^{51}，

阳雀为何死，

ga^{31} die^{35} sai^{33} jiau^{35} tsaɱ^{24}，

酒曲效率强，

die^{35} sai^{33} ga^{51} la^{31} ga^{51}，

酒曲效率高，

die^{35} ɱu^{41} die^{25} tɕin^{41} ʐa^{31}。

做成了酒饼。

（七）酒曲再加料

die^{35} ɱu^{41} die^{22} na^{33} ɱa^{22}，

酒饼做好了，

ga^{33} ɱu^{41} gai^{31} sou^{33} dau^{24}，

心想酿美酒，

ga^{33} die^{25} jie^{31} sou^{33} siau^{22}，

美酒咋个酿，

taŋ^{35} wu^{35} que^{31} lai^{22} bau^{31}。

还得从头讲。

wu^{35} ɡo^{33} die^{35} ʐɑu^{25} ɱɑ^{22}，

那年有一家，

ɡɑ^{33} pɑ^{33} ɱu^{41} dɑ^{22} nɑ^{35}，

煮好了酒饭，

die^{35} pɑŋ^{33} sie^{51} li^{24} nɑ^{35}，

拌进了酒饼曲，

ɡɑ^{31} bin^{41} ʐɑ^{51} pɑŋ^{22} lɑi^{25}，

找来了箩筐，

vei^{31} liɑ^{33} bin^{41} tɑŋ^{31} tin^{31}，

“韦料”垫箩底，

dɑ^{41} p‘iɑ^{22} lɑi^{35} piɑŋ^{33} tsɑo^{51}，

蕨叶插四面，

ɡɑ^{33} pɑ^{22} bin^{41} ɡuo^{31} duoŋ^{31}，

酒饭盛当中，

wɱ^{31} kiei^{31} jiei^{35} tɑ^{31} li^{35}。

保暖来发酵。

jiei^{35} tɑ^{33} soŋ^{33} nɑi^{35} sə^{41}，

发酵过三天，

jiei^{35} tɑ^{33} oŋ^{33} jiɑ^{33} luo^{51}，

发酵过三夜，

ɡɑɱ^{41} pɑ^{31} ɡɑ^{33} pɑ^{33} ŋɑi^{51}，

清晨尝酒饭，

ɡɑ^{33} pɑ^{33} ɱɑ^{31} die^{25} no^{25}，

还未成酒酿，

ɱin^{41} p‘ɑ^{31} ɡɑ^{33} pɑ^{33} ŋɑi^{55}，

夜里尝酒饭，

gɑ^{33} pɑ^{33} ɱɑ^{31} huɱ^{24} no^{25},

酒饭未发香,

ɱɑŋ^{35} pei^{22} pen^{24} lɑ^{31} luoŋ^{24},

父老再盘察,

biu^{31} pei^{22} və^{22} tsɑɱ^{51} lɑ^{31}。

众人再思量。

gɑ^{31} keŋ^{22} du^{35} pɑŋ^{33} lɑ^{31},

挖来了山羌,

keŋ^{22} tuoŋ^{35} gɑ^{33} pɑ^{33} trɑɱ^{24},

舂细掺酒酿,

ŋɑ^{51} biɑŋ^{24} piɑ^{33} giei^{33} lɑi^{25},

摘下芭蕉叶,

foŋ^{22} tie^{22} bin^{41} go^{31} tɑ^{22},

密盖竹箩筐,

soŋ^{33} nɑi^{35} jiei^{25} tɑ^{33} luoŋ^{35},

再炆三五日,

ŋɑ^{35} ɱin^{41} jiei^{22} tɑ^{33} luoŋ^{35},

发酵三五夜,

soŋ^{33} nɑi^{35} ŋɑ^{35} nɑi^{35} sə^{41},

三五日过后,

gɑ^{33} qiei^{33} ŋɑɱ^{41} lɑ^{31} ɱɑ^{22}。

酒饭溢醇香。

(八) 难熬的美酒

gɑ^{33} pɑ^{33} jie^{24} sɑ^{33} ŋɑɱ^{41},

酒酿溢醇香,

gɑ^{33} ɱiɑ^{24} gɑ^{33} pɑ^{33} tie^{25},

酒饭成娘酿,

gɑ^{33} siɑu^{22} tɕie^{24} ɣo^{25} tɕin^{41},

酒酿要出酒,

biu^{31} pei^{22} pən^{24} lɑ^{31} luoŋ^{24}。

众人又思量。

ɱiɑŋ^{35} ʤɑ^{35} kɑu^{35} jiɑu^{35} niei^{41},

家什有百样,

gɑ^{33} suo^{22} ɱiɑŋ^{35} ɱɑ^{35} ŋɑi^{33},

难为酿酒器,

ɱei^{31} dɑn^{24} kɑu^{35} jiɑ^{51} pu^{41},

地盘九百里,

gɑ^{33} siɑu^{24} ʐɑ^{31} ɱɑ^{35} ŋɑi^{33}。

难得作酒坊。

gɑ^{33} tie^{25} ʤɑu^{35} nɑ^{51} tsɑɱ^{51},

酿酒问阿公,

jiɑ^{31} pɑi^{22} tsɑu^{31} ei^{22} oŋ^{51},

请他出主意,

ʥɑu^{35} p‘ɑ^{22} ɱɑŋ^{35} lɑi^{25} ti^{24},

阿公言年迈,

loŋ^{35} lɑi^{25} ʐeŋ^{24} ɱɑ^{35} tsɑŋ^{41};

无力来帮忙;

gɑ^{33} tie^{25} ɱɑŋ^{35} nɑ^{51} tsɑɱ^{51},

酿酒问阿婆,

jiɑ^{31} pɑi^{22} ɱu^{31} luoŋ^{24} lɑi^{25},

叫她来帮忙,

ɱaŋ^{35} pei^{22} ɱu^{35} ʥa^{35} kian^{24}，

阿婆忙织纺，

ɡa^{33} ʐa^{41} jiu^{31} ɱa^{13} pen^{24}。

无心来商量。

ɡa^{33} tie^{25} qui^{33} na^{51} tsaɱ^{51}，

问起老木匠，

qui^{33} p‘a^{35} va^{31} di^{35} soɱ^{25}，

木匠弄刀斧，

ɱau^{35} nai^{35} ɱau^{35} ɱin^{41} kian^{24}，

日夜盘功夫，

qa^{33} ʐa^{41} jiu^{31} ɱa^{13} loŋ^{35}；

无心来帮忙；

qa^{33} tie^{25} siaŋ^{35} na^{51} tsaɱ^{51}，

又问起铁匠，

dau^{35} la^{41} jiu^{31} pai^{22} loŋ^{35}，

他请来帮忙，

siaŋ^{35} pa^{22} ɤaɱ^{51} tou^{51} soɱ^{22}，

铁匠举钳锤，

qa^{33} ʐa^{41} jiu^{31} ɱa^{13} que^{41}。

酿酒谈不上。

qa^{33} tie^{25} pie^{51} ɱa^{51} tsaɱ^{51}，

求见了道公，

pie^{51} p‘a^{22} jia^{31} - – ɱ^{24} diao^{51}，

道公不理睬，

ŋa^{35} p‘a^{41} la^{31} ven^{24} que^{31}，

白日讲神仙，

ɱin^{41} p'ɑ^{31} nie^{25} biɑ^{35} que^{41},

夜里话小鬼,

gɑ^{33} ɱu^{41} ʐɑ^{31} ti^{24} ɱɑ^{22},

酿酒的事儿,

jiɑ^{31} gɑ^{31} tsɑɱ^{51} ɱɑ^{13} lɑu^{41}。

他也谈不上。

gɑ^{33} tie^{35} lɑ^{35} kɑ^{51} tsɑɱ^{51},

见一群后生,

jiu^{31} pɑi^{22} loŋ^{35} sou^{33} dou^{24},

叫他们帮忙,

lɑ^{31} kɑ^{51} pɑ^{22} pɑ^{22} ŋie^{51},

后生个个精,

jiɑ^{51} ɱu^{31} kiɑn^{24} sou^{33} ti^{24},

说是活路紧,

gɑ^{33} ɱu^{41} ʥɑ^{24} ti^{24} ɱɑ^{22},

酿酒的事儿,

jiu^{31} loŋ^{35} ʐɑ^{41} ɱɑ^{13} que^{41}。

不肯来相帮。

gɑ^{33} tie^{25} ɱi^{35} nɑ^{51} tsɑɱ^{51},

最后见姑娘,

jiu^{31} pɑi^{22} luoŋ^{35} lɑi^{25} ti^{24},

请姑娘帮忙,

ɱi^{35} pei^{22} bo^{53} ʐɑ^{31} ɱu^{31},

姑娘忙刺绣,

boŋ^{31} ɱiɑŋ^{24} ɱu^{31} k‘ɑ^{22} kiɑn^{24},

忙着备嫁妆,

gɑ^{33} ɱu^{41} ʥɑ^{24} ɑɤ^{22} ɱɑ^{22},

酿酒的事儿,

que^{31} lɑi^{22} dɑu^{35} ɱɑ^{13} ʐo^{25}。

顾不得思量。

tɑ^{33} boŋ^{41} ɱɑŋ^{35} pei^{22} tsɑu^{24},

上求老一辈,

gɑu^{31} boŋ^{31} nu^{35} pei^{22} ʐɑ^{51},

下访小男女,

ʤie^{35} kɑ^{51} tie^{25} pɑ^{35} ʐɑ^{51},

左右找能人,

ɤu^{35} ʐɑ^{41} gui^{33} p‘ɑ^{35} ʐɑ^{51},

前后请巧匠,

tie^{25} pɑ^{35} jie^{35} ʐɑ^{41} niei^{31},

能人自有活,

gui^{33} pɑ^{35} jie^{25} koŋ^{22} niei^{31},

巧匠自有工,

gɑ^{33} ɱu^{41} ʐɑ^{31} ti^{24} ɱɑ^{22},

酿酒的事情,

pen^{24} sɑ^{33} jiu^{31} ɱɑ^{13} wu。

不愿费心思。

kɑ^{31} so^{22} ʐɑɱ^{35} tie^{13} ʐɑ^{35},

难道中途费,

gɑ^{33} ɱəi^{35} ɱu^{41} ɱɑ^{13} tie^{25}?

酿不成美酒?

ɱɑu^{35} ɡɑu^{41} jiɑu^{35} qɑ^{41} ɱɑr^{33}，

天下万难事，

biu^{31} pei^{22} ʐe^{24} nɑ^{51} ŋɑŋ^{31}。

只要有人在。

ʤɑu^{35} ɱɑu^{35} tu^{35} ʤɑ^{51} tɑ^{22}，

公老造规矩，

ɱɑŋ^{35} ɱɑu^{35} kɑ^{41} ʣɑ^{24} tɑ^{33}：

婆老道常理：

ɱɑ^{35} ɱu^{41} ɱɑ^{13} ʐɑ^{35} sɑ^{35}，

不做不得食，

ɱɑ^{35} siɑu^{22} ɱɑ^{35} ʐɑ^{35} dɑŋ^{41}。

不酿不得喝。

ŋɑ^{31} kun^{25} jie^{25} ʐɑ^{41} tsɑ^{33}，

我自作主张，

ŋɑ^{31} kun^{25} tsɑo^{33} ei^{33} to^{51}，

我自立主意，

ʤi^{31} kuɱ^{31} ŋɑ^{31} ʐɑ^{31} lai^{22}，

我找来“齐根”①，

tsdɑ^{51} ʐeŋ^{24} ŋɑ^{31} pɑŋ^{33} lai^{25}，

我找来“照仍”②，

sɑ^{33} tiɑn^{22} qɑ^{31} tsɑo^{51} tin^{31}，

大树下架锅，

---

① 齐根：彝语，酿酒器。

② 照仍：彝语，蒸馏锅。

tin^{31} tie^{22} gasiao^{24} sai^{22}。

准备酿米酒。

sa^{33} kaŋ^{33} ɱi^{35} gau^{35} ʐaŋ^{35},

大树怕火熏,

ga^{33} tiei^{51} ɤa^{31} ɱa^{13} ŋai^{33}。

不是酿酒地。

ŋua^{35} na^{51} qa^{31} tsao^{51} tin^{31},

山坳口架锅,

ŋua^{35} na^{51} lai^{51} ka^{31} sə^{31},

山坳风过路,

lai^{51} ka^{31} sə^{31} ɱi^{35} jiai^{51},

风来爆火星,

ga^{33} tiei^{51} ɤa^{31} ɱa^{13} ŋai^{33}。

不是酿酒地。

laŋ^{35} ka^{25} go^{41} tsau^{51} tin^{31},

山谷里架锅,

laŋ^{35} ka^{25} go^{41} tsao^{51} tin^{31}。

山谷无平地。

bin^{35} dan^{24} tsao^{51} tin^{31} li^{24}?

哪里去架锅?

ein^{35} dan^{24} ga^{33} tiei^{51} li^{24}?

哪里去蒸酿?

ben^{24} kiei^{41} luoŋ^{31} ben^{24} npa^{41},

思量又思量,

dɑɱ^{25} kiei^{41} luo^{31} dɑɱ^{25} ŋ̥ɑ^{41},

盘计又盘计,

lɑŋ^{35} kɑ^{25} kɑ^{41} ʤiɑn^{31} tu^{24},

就在小溪旁,

ŋɑ^{31} ʤi^{31} dɑŋ^{24} so^{51} dɑ^{22},

我立上了齐当①,

bin^{31} gɑɱ^{22} piɑŋ^{35} lɑ^{41} tie^{22},

启开竹箩盖,

gɑ^{33} pɑ^{33} qɑ^{51} lɑi^{2} tie^{22},

掏出了酒酿,

qɑ^{51} tie^{22} tsɑo^{51} kɑŋ^{22} doŋ^{31},

盛入了大锅,

jie^{35} ɤɑo^{51} jie^{13} tɑ^{33} ŋoɱ^{51}。

盖上了酒当。

ɤiei^{31} lɑŋ^{24} ɤiei^{31} biɑ^{22} ɱɑ^{22},

小小一溪水,

jie^{35} və^{51} jie^{13} wu^{35} ɱiei^{41},

悠悠有源头,

ɤiei^{31} ou^{22} ein^{35} nɑ^{51} niei^{31}?

源头在何处?

ɤiei^{31} ou^{22} ɑr^{35} biɑŋ^{22} niei^{31}?

源头在何方?

ɤiei^{31} ou^{22} sɑi^{33} ɱɑ^{35} niei^{31},

源头在树干,

---

① 齐当:彝语,酿酒的所有设备。

ɣiei^{31} ou^{22} sai^{33} tɕie^{41} ɱiei^{31}。

源头在树根。

sai^{33} ɱa^{35} bau^{35} tsuo^{33} sou^{33},

树干世代宗,

sai^{33} tɕie^{41} bau^{31} tsuo^{33} ɱa^{35}。

树根是老祖。

tɕie^{31} ʐa^{51} tɕie^{31} ʐa^{51} ti^{24},

寻根又寻根,

lai^{25} ka^{41} lai^{25} ka^{41} suo^{51},

溯源复溯源,

ɣa^{51} tie^{22} ɣiei^{31} ou^{22} ɣuo^{22}。

寻到水源头。

ɣa^{51} tie^{22} sai^{33} tian^{22} ɣuo^{22},

寻到大树根,

sai^{33} kaŋ^{33} sai^{33} gui^{33} ɱoŋ^{51},

大树根儿长,

sai^{33} bia^{35} sai^{33} p‘ia^{35} buan^{31},

小树叶儿旺,

lai^{33} biaŋȵao^{51} nu^{31} niaɱ^{33},

四面草青青,

niu^{24} van^{51} huɱ^{24} la^{31} huɱ^{24}。

百花放清香。

tɕie^{31} ɣ‘a^{51} tɕie^{31} ɣa^{51} ti^{24},

寻根寻到底,

lai^{25} ka^{41} lai^{25} ka^{41} suo^{51},

溯源溯到头,

lai²⁵ ka⁴¹ jia⁵¹ buoŋ³¹ niei³¹,

根源永常在,

ga³³ ɱei³⁵ sao²² lai²² ʐa³⁵。

酝酿出美酒。

二、祭山神

[bum̩³¹ ven²⁴ kau³⁵]

国际音标: lai³⁵ la³³ ɱa³¹ lai³⁵ nai³⁵,

意　　译: 四月的今日,

lai³⁵ la³³ ɱa³¹ gaɱ⁴¹,

四月的今朝,

ŋa³¹ la³¹ puɱ⁴¹ ʤai²⁴ kau³⁵,

我来祭山神,

ŋa³¹ la³¹ bia²⁵ ʤai³⁵ kau³⁵。

我来祭崖神。

tsau³⁵ tai³⁵ buɱ⁴¹ ʤai²⁴ kau³⁵?

为何祭山神?

tsau³⁵ tai³⁵ bia²⁵ ʤai²⁵ kau³⁵?

为何祭崖神?

-ɱ¹³ que⁴¹ -ɱ¹³ ka³⁵ sə⁴¹,

不说不知道,

-ɱ¹³ sie⁵¹ -ɱ¹³ ka³⁵ sə⁴¹。

不唱不知晓。

(一) 山樟定规矩

la³¹ ɱəŋ²⁴ səi⁴¹ ts‘aŋ³⁵ que⁴¹,

平民谈论山樟树,

lɑ^{31} ɱəŋ^{24} ɱɑ^{31} ʐəi^{35} que^{31}。

百姓说起爆花木。

sɑi^{31} ts‘ɑŋ^{35} ʤɑ^{35} ɱu^{31} tɑ^{22}，

山樟大树定规矩，

ɱɑ^{31} ʐəi^{25} tɕ‘ie^{41} ɱu^{31} tɑ^{22}。

爆花条木传信息。

buɱ^{31} vən^{24} ʤɑ^{35} səi^{33} ɱɑ^{22}，

东西山神通天际，

biɑ^{25} vən^{35} ɱu^{35} kɑ^{41} tɑi^{51}，

南北崖神晓天理，

sou^{33} t‘ɑi^{35} buɱ^{41} ʤɑi^{22} kɑu^{35}，

为此我来祭山神，

sou^{33} t‘ɑi^{35} biɑ^{25} ʤɑi^{25} kɑu^{35}。

为此我来祭崖神。

kɑu^{35} diɑu^{41} gɑ^{33} ɱiɑ^{25} ɱɑ^{22}，

九十斤米酒，

kɑu^{35} diɑu^{41} vɑ^{25} p‘ɑu^{41} ʐɑ^{22}，

九十斤猪肉，

səi^{51} ɱɑ^{22} kɑŋ^{33} tiɑn^{22} dɑ^{33}，

送到大树根，

ʐɑ^{31} sɑŋ^{41} tso^{22} tɑ^{33} bɑi^{24}。

摆到祭台上。

（二）山神大开恩

lɑi^{31} lɑ^{33} ɱɑ^{35} lɑi^{35} nɑi^{35}，

四月的今日，

lɑi^{35}lɑ^{33}ɱɑ^{31}lɑi^{35}gɑɱ^{41}，

四月的今朝，

kɑŋ^{31}vən^{22}kɑu^{35} tɕie^{24}ɱɑ^{22}，

孔稿万①来临，

Vɑ^{35} vən^{22}kɑu^{35}tɕie^{24}ɱɑ^{22}，

欢乐的时刻，

ŋɑ^{31}ɱən^{35}piɑŋ^{35}lɑ^{41}sie^{53}，

我放喉歌唱，

ŋɑ^{31}ɱən^{35}piɑŋ^{35}tie^{22}kɑu^{35}，

我祈祷开腔，

buɱ^{31}kɑŋ^{22}vən^{35}pəi^{22}kɑu^{35}，

祈祷大山神，

biɑ^{25}kɑŋ^{33}lɑ^{31}pəi^{22}kɑu^{35}。

祈祷悬崖仙。

vuɑ^{25}sɑi^{33}vuɑ^{25}ɤu^{41}boŋ^{51}，

猪血灌猪肠，

buɱ^{31}vən^{22}sɑ^{35}k‘ɑ^{33}ʤɑ^{35}，

山神吃得香，

ɤɑ^{33}liuɱ^{31}jie^{31}ʐə^{51}ɱu^{31}，

肉片串成串，

buɱ^{31}vən^{22}sɑ^{35}ɤɑ^{41}sɑ^{51}。

山主用便当。

gɑ^{33}ʤi^{41}tie^{35}ʤiŋ^{41}ɱɑ^{22}，

米酒装成罐，

---

① 孔稿万：彝族音译，意为欢乐、祈祷之节，即当地一年一度盛大的跳弓节。

buɱ^{31} vən^{22} dɑŋ̥^{31} pɑi^{22} sɑ^{51}，

山神喝得甜，

ɱiɑ^{25} buoŋ^{35} jie^{35} t‘ɑu^{51} ɱu^{31}，

糯米扎成包，

buɱ^{31} vən^{22} tʂɑu^{33} p‘ɑ^{22} sɑ^{35}。

山主用得上。

buɱ^{31} vən^{22} ɱəi^{31} puoŋ^{35} tʂɑu^{24}，

山神造土地，

ɱəi^{31} puoŋ^{31} kɑu^{35} jɑu^{31} jou^{51}，

土地育万物，

piu^{31} sɑŋ^{22} ɱəi^{31} tɑ^{33} soŋ^{31}，

人在土地上，

ɤɑu^{25} ɱu^{41} tie^{22} sɑi^{31} bɑn^{31}。

创世立家当。

go^{33} go^{33} goŋ^{31} kɑu^{22} vɑn^{51}，

年年跳弓节，

buɱ^{31} vən^{22} tsɑu^{33} pɑ^{22} kɑu^{35}，

向山主请安，

ʤj^{31} siɑn^{22} jie^{33} ɱɑ^{41} pɑi^{22}，

杯盏摆八只，

qɑ^{31} t‘i̥e^{51} jie^{33} suɱ^{41} tɑ^{22}。

筷子搁八双。

ʤɑi^{35} wu^{35} pɑi^{24} luo^{41} tɑ^{22}，

摆好了祭品，

ŋɑ^{31} din^{31} ɱən^{31} p‘iɑ^{35} lɑi^{25}。

我就位开腔。

vi^{35} biaŋ^{22} la^{41} vuaŋ^{24} buɱ^{31},

东边腊王山，

biaŋ^{51} biaŋ^{22} la^{51} bie^{22} buɱ^{41},

西边腊别山，

kiəi^{31} biaŋ^{22} la^{51} ɱin^{22} buɱ^{41},

南边腊民山，

ȵa^{31} biaŋ^{22} la^{51} jie^{33} buɱ^{41},

北边腊野山，

wu^{25} laŋ^{35} la^{51} go^{22} buɱ^{41},

上头腊科山，

gau^{31} buoŋ^{31} la^{51} liao^{22} buɱ^{41},

下边腊料山，

buɱ^{41} tsau^{33} la^{35} biaŋ^{33} tu^{24},

四面大山主，

ɱəi^{31} vən^{22} jie^{33} biaŋ^{33} bəi^{22},

八方土地神，

nai^{35} nu^{41} bəi^{22} su^{31} lai^{25},

今日来汇聚，

ŋa^{31} bie^{51} nu^{31} bai^{22} ka^{35}。

听我来开腔。

ɱau^{35} p‘in^{41} buɱ^{31} ɱa^{24} səi^{33},

无论毛品山，

ha^{35} laŋ^{35} buɱ^{41} ɱa^{24} səi^{33},

无论木棉寨，

ŋan^{35} tang^{22} buɱ^{41} ɱa^{22} səi^{33},

无论那昆坳，

sɑn^{51} dɑn^{22} buɱ^{41} ɱɑ^{22} səi^{33}。

无论口角坡。

bɑu^{35} koɱ^{33} buɱ^{41} ɱɑ^{22} səi^{33}，

无论郎横山，

gong^{35} tɑng^{35} buɱ^{41} ɱɑ^{22} səi^{33}，

无论里拱寨，

əiɑɱ^{22} tɑng^{35} buɱ^{41} ɱɑ^{22} səi^{33}，

无论马兰坡，

toŋ^{33} kuɑ^{33} ŋuɑ^{35} ɱɑ^{35} səi^{33}。

无论冬嘎坳。

buɱ^{31} kɑŋ^{22} buɱ^{31} biɑ^{22} vən^{35}，

大山小山神，

buɱ^{31} ɱoŋ^{51} buɱ^{31} tɑu^{22} pəi^{33}。

高坡和低坡。

ɣɑ^{31} nɑi^{22} ɱɑ^{31} li^{35} tɑ^{41}，

往后的日子，

ɣɑ^{31} ʤɑŋ^{22} ɱɑ^{31} li^{35} tɑ^{31}，

往后的时辰，

p‘u^{35} tɑ^{33} lɑ^{41} ɱəŋ^{22} bəi^{22}，

寨上众男女，

luo^{33} ɱu^{41} buɱ^{31} nɑ^{51} ji^{31}，

进山做活路，

ɱəi^{31} gɑɱ^{31} bɑŋ^{22} ɤiei^{41} bɑ^{31}，

土坎边避雨，

Səi^{51} gɑu^{41} ɱɑ^{35} ɤən^{22} bɑ^{31}。

大树下乘凉。

səi^{51} kaŋ^{22} dəŋ^{31} la^{31} dəŋ^{31} ,
高高的大树，
lai^{51} vaŋ^{22} bən^{41} ɱa^{35} kian^{51} ,
飓风刮不倒，
ɱəi^{31} ŋaɱ^{31} qie^{51} la^{31} qie^{51} ,
坚硬的土坎，
ɱa^{31} ʐoŋ^{35} ɤiei^{41} ɱa^{31} saŋ^{35} 。
雷雨打不垮。

la^{31} ɱəŋ^{22} ɤau^{25} t‘a^{33} ɱa^{22} ,
村民户头上，
tsau^{35} ɤau^{35} sie^{51} ɤau^{22} biaŋ^{35} ,
户户满堂光，
la^{31} ɱəŋ^{24} ɱaŋ^{35} bia^{35} bəi^{22} ,
百姓老小口，
ɱau^{31} jian^{24} bai^{25} ɱa^{35} saŋ^{35} 。
人人免祸殃。
ŋa^{31} ɱa^{35} que^{41} ŋa^{31} jia^{25} ,
我不说是我的错，
ŋa^{31} ɱa^{35} tɕing^{35} ŋa^{41} cho^{31} ,
我不请是我的过，
ʤai^{35} wu^{33} ŋa^{31} na^{25} pai^{22} ,
我进祭品送上前，
niəi^{51} ɱie^{22} ŋa^{31} ɱən^{35} piaŋ。
我进虔诚来开言。
ʤai^{35} soŋ^{51} kau^{35} vən^{35} buɱ^{41} ,
要祭九座大山神，

ʥai^{35} bai^{25} vən^{35} kau^{35} bia^{25}。

要祭九壁悬崖神。

buɱ^{31} vən^{22} ɱai^{35} ɱu^{41} ta^{22}，

山神送大恩，

bia^{25} vən^{35} qua^{35} ɱu^{41} ta^{22}，

崖神通人情，

ɤa^{31} nai^{24} li^{35} t‘a^{41}，

往后的日子，

aɤ^{31} ʥaŋ^{24} ɱa^{31} li^{35} t‘a^{41}，

往后的时辰，

ɱia^{25} jao^{35} t‘ouji^{31} t‘a^{41}，

播种的时候，

buɱ^{31} va^{51} ɱa^{31} fan^{33} la^{31}；

免遭禽兽来糟蹋；

ga^{31} tsa^{22} van^{33} li^{35} t‘a^{31}，

插秧的时候，

buɱ^{31} va^{22} ɱən^{35} ɱa^{35} giai^{35}。

免受飞鸟来偷食。

ga^{31} ɱa^{31} na^{35} go^{41} soŋ^{31}，

谷子下了田，

tʂau^{22} ɱa^{31} ɱəi^{31} go^{31} ji^{31}，

玉米入了土，

ga^{31} tɕa^{51} ȵau^{51} la^{31} ȵau^{51}，

谷秧早发青，

tsao^{22} naɱ^{51} tie^{25} la^{41} ɱau^{33}。

玉米早结包。

ɱiɑ^{25} jiɑu^{35} ŋɑn^{25} to^{51} lɑ^{41}，
种子快发芽，
ɱiɑ^{25} ɱɑ^{41} bɑŋ^{33} guo^{41} lɑ^{31}，
颗粒归还家，
p‘u^{35} tɑ^{33} lɑ^{31} ɱəŋ^{24} bəi^{22}，
寨中男女和老少，
tɕ‘uo^{51} ʐɑ^{31} bɑi^{25} ɱɑ^{35} ɱu^{41}。
平平安安度一生。

三、祭乐神

[koŋ^{31} ʤɑŋ^{24} kɑu^{35}]

国际音标： nɑi^{35} luo^{41} k‘uoŋ^{31} ven^{24} dou^{51}，
意　　译： 今朝遇上欢乐神，
nɑi^{35} luo^{41} vɑ^{35} ven^{35} dou^{51}，
今夕迎来幸福神，
nɑi^{35} ŋɑ^{41} k‘uoŋ^{31} ven^{24} kɑu^{35}，
今朝我祭欢乐神，
nɑi^{35} ŋɑ^{41} vɑ^{35} ven^{35} kɑu^{35}。
今夕我祭幸福神。
tsɑu^{35} tɑi^{35} k‘uoŋ^{31} ven^{24} kɑu^{35}？
为何要祭欢乐神？
tsɑu^{35} tɑi^{35} vɑ^{35} ven^{35} kɑu^{35}？
为何要祭幸福神？

（一）爆花送信

sei^{51} ts’ɑŋ^{35} ɱɑ^{35} ɱu^{41} tɑ^{22}，
山樟大树造规矩，

ɱɑ^{31} ʐei^{25} tɑŋ^{35} p‘in^{35} lɑi^{25}。

爆花软木报信息。

kɑu^{35} sie^{51} kɑu^{35} boŋ^{41} jiɑ^{33}，

九十九代泡苦水，

jie^{33} sie^{51} jie^{33} boŋ^{41} nɑ^{31}，

八十八代受灾殃，

bei^{31} ki^{31} ɱiɑŋ^{31} ʐɑ^{31} nɑ^{33}，

难得见阳光，

ɱɑu^{35} oɱ^{41} dou^{51} luo^{31} nɑ^{33}。

难得遇温和。

（二）免遇蛇行

nɑi^{35} luo^{41} k‘uoŋ^{31} ven^{24} dou^{51}，

今朝遇上欢乐神，

nɑi^{35} luo^{41} vɑ^{35} ven^{35} pu^{33}，

今夕遇上幸福神，

koŋ^{31} ven^{24} k‘uoŋ^{31} bɑi^{22} lɑi^{31}，

欢乐神送来了欢乐，

vɑ^{35} ven^{35} vɑ^{35} bɑi^{22} lɑ^{31}。

幸福神送来了幸福。

koŋ^{31} ven^{24} dou^{51} t‘ɑi^{22} bie^{51}，

遇上欢乐神而颂，

vɑ^{35} ven^{35} p‘u^{33} t‘ɑi^{22} ȵɑɱ^{33}。

遇上幸福神而念。

ʤɑi^{35}bɑi^{25}k‘uoŋ^{31}ven^{24}bɑi^{25},

祭了欢乐神,

ʤɑi^{35}bɑi^{25}vɑ^{35}ven^{35}bɑi^{35},

祭了幸福神,

ɣɑ^{31}nɑi^{24}ɱɑ^{13}li^{35}t‘ɑ^{41},

往后的日子,

ɣɑ^{31}ʤɑŋ^{24}ɱɑ^{13}li^{35}t‘ɑ^{41},

往后的时辰,

biu^{31}ɱɑŋ^{24}biɑ^{25}jiɑo^{35}tou^{51},

父老播了种,

biu^{31}ɱɑŋ^{35}tsiɑ^{53}jiu^{33}t‘ɑ^{31},

父老栽了秧,

buɱ^{31}vɑ^{51}ɱen^{35}lɑ^{13}quɱ^{24},

野兽收了敛,

ɱu^{35}vɑ^{35}ɱen^{35}luo^{41}nɑ^{13}。

飞鸟歇了嘴。

biu^{31}ɱɑŋ^{24}buɱ^{31}nɑ^{51}li^{24},

父老上山来,

vui^{31}trɑŋ^{33}kɑ^{31}ɱɑ^{13}die^{51},

不受旱蛇来断路,

biu^{31}ɱɑŋ^{24}ʐi^{31}kɑ^{31}sə^{31},

父老过水来,

vui^{31}boŋ^{24}kɑ^{41}ɱɑ^{13}foŋ^{22}。

不受水蛇①来挡道。

---

① 旱蛇、水蛇:均喻灾祸、不祥之物。两句喻父老乡亲祭欢乐神后,早晚出入安康。

四、请粮神

[kɑ^{51} ven^{35} ʐɑu^{35}]

国际音标： nɑ^{24}ɱu^{35}wu^{33}ɤu^{24}gɑi^{25}，

意　　译： 远古的时候，

ɱɑu^{35}ɱei^{41}kɑ^{31}p'iɑŋ^{22}tɑ^{33}，

天地刚开张，

qɑ^{51}gu^{24}ɱiɑŋ^{31}pu^{31}qɑ^{22}，

阿谷①生彝家，

gɑ^{53}jiɑu^{24}ʤɑu^{24}ɱɑ^{13}loɱ^{25}，

来不及造粮，

ɱiɑŋ^{31}pei^{22}ɱei^{31}tɑ^{33}niei^{41}，

彝家人在世上，

tsɑu^{35}sɑ^{35}ɤɑ^{41}ɱɑ^{13}sei^{33}。

不知吃哪样。

biu^{31}ɱɑŋ^{24}tie^{31}pɑ^{35}que^{31}，

老人出主意，

biɑ^{22}nu^{35}ɣɑ^{51}sɑ^{24}lɑ^{31}，

去找毛子②吃，

biɑ^{22}nu^{35}ɱen^{35}pɑn^{51}lɑ^{31}，

毛子苦又涩，

---

① 阿谷：彝族文人始祖。

② 毛子：旱地芦苇之一。

tɕi^{35} ɱaŋ^{35} sa^{41} ɱa^{22} luo^{31}，

本是牲畜草，

qa^{31} ȵau^{51} ka^{51} ɱu^{41} la^{31}，

野草当粮食，

biu^{31} sa^{24} ɣuo^{25} biau^{35} la^{41}。

人要饿肚肠。

（一）盘计容易移步难

biu^{31} pei^{22} və^{25} tsaɱ^{51} la^{31}，

众老同商量，

ɱau^{35} na^{51} ka^{51} ɣa^{51} li^{24}。

上天去找粮。

que^{31} lai^{22} ɱau^{35} li^{24} sa^{51}，

上天说容易，

la^{25} bai^{51} li^{24} sa^{31} ŋai^{33}。

移步可艰难。

ɣu^{35} luo^{41} pai^{24} tie^{31} p‘a^{35}，

先头一使者，

qui^{35} ŋuoŋ^{35} tie^{31} ɱa^{35} vei^{35}，

带只大黄狗，

sei^{53} ɱa^{24} ta^{53} ɱau^{35} li^{24}，

攀高树上天，

ɱau^{35} ven^{35} p‘iaŋ^{35} ɱiaŋ^{41} li^{24}；

去见天人面；

ka^{53} jiau^{24} lau^{31} sou^{33} ti^{24},

说是讨粮种,

ɱau^{35} ven^{35} que^{41} lai^{22} na^{33},

天人难为情,

tie^{31} gaɱ^{41} ji^{33} ar^{33} sie^{51},

支吾了半天,

tie^{31} gaɱ^{41} ɱen^{35} – ɱ^{35} p'iaŋ^{35}。

半天不开言。

qie^{33} luo^{31} qui^{35} ŋuoŋ^{35} qie^{51},

聪明的黄狗,

tu^{35} dau^{24} tu^{35} ban^{31} ɤa^{53},

四处寻觅觅,

ga^{31} tai^{24} la^{31} ɤu^{35} tu^{24},

一座谷仓前,

ga^{31} ɱa^{31} p'iaŋ^{35} ɱiaŋ^{41} lai^{22};

谷粒露了脸;

ga^{31} tɕi^{31} guo^{31} liaŋ^{24} li^{35},

谷仓里打滚,

ɱiei^{33} ka^{33} ga^{31} ɱa^{31} bie^{33},

身毛沾满谷,

kian^{24} kiai^{31} guo^{25} ɤa^{41} lai^{22},

急急往回走,

ɱau^{35} na^{51} biaŋ^{53} tie^{22} lai^{25}。

离开了老天。

qui^{35}ŋuoŋ^{35}ɑr^{22}qui^{35}ŋuoŋ^{35},

可爱大黄狗,

biu^{31}ɣɑ^{31}niei^{53}ɱei^{24}ɱu^{31},

为人做事好心眼,

buo^{31}kuɑ^{22}lɑ^{25}ɱɑ^{31}ʑɑŋ^{33},

可惜手段不正派,

ɱɑ^{31}gɑu^{35}gɑu^{31}gɑu^{31}ɣɑ^{41}tɑŋ^{24};

不偷也贪便;

guo^{25}tie^{22}ɱeiʤɑ^{24}ɣuo^{22},

回到天地界,

ɱɑu^{35}ɣiei^{41}kɑŋ^{22}ben^{51}lɑi^{22},

滂沱大雨天,

ɱeŋ^{31}eiɑŋ^{22}jiuo^{33}lɑ^{31}jiuo^{33},

全身挨湿透,

gɑ^{31}ɱɑ^{31}biɑu^{31}ei^{31}qun^{31}。

颗粒离身边。

biu^{31}pei^{22}niei^{53}ɱɑ^{13}ɱu^{35},

众人不甘心,

ɱɑu^{35}nɑ^{51}p‘in^{41}li^{24}luoŋ^{35},

重返天地界,

tɕi^{51}ɑr^{22}ʐeŋ^{24}to^{51}li^{24},

男子献力气,

sɑ^{31}ɑr^{35}p‘u^{41}ɱiɑŋ^{24}to^{51},

女子出银器,

lɑ^{31}tou^{25}die^{22}quɑŋ^{35}tsɑ^{51},

手镯和项链,

jiu^{31} li^{24} ka^{51} jiau^{24} pa^{51}。

拿去换种粮。

ɱu^{35} ɱei^{41} ʤa^{35} na^{51} ɣu^{22}，

到了天地界，

buo^{25} guo^{41} ɱiaŋ^{35} kiai^{33} lai^{25}，

取出袋中物，

ɱiaŋ^{35} kiai^{33} tɕi^{51} ar^{22} bai^{25}，

开包见男人，

tɕi^{51} ar^{22} piaŋ^{35} ɱa^{35} lau^{35}；

男人沉下脸；

sa^{31} ɱa^{35} na^{51} buo^{51} li^{24}，

回头问主妇，

sa^{31} ɱa^{35} ɣə^{41} jiau^{31} lai^{22}。

主妇笑吟吟。

sa^{31} ɱa^{35} juo^{51} na^{51} que^{31}，

妇女劝丈夫，

ɱi^{35} ar^{35} pa^{35} na^{51} que^{31}，

女儿劝阿爹，

ga^{31} jiau^{24} die^{25} ga^{25} ɱa^{22}，

一把好谷种，

pʻu^{31} ɱiaŋ^{24} pa^{51} die^{22} lai^{25}。

换下了银器。

ga^{31} ka^{22} tie^{22} lai^{25}，

带着禾谷把，

ko^{25}ki^{41}tɑu^{25}bo^{51}lɑi^{22},

打转返回程,

ɣiei^{31}ɱɑ^{31}tɕ'iɑn^{22}tsɑn^{51}sə^{31},

跨过千道水,

buɱ^{31}kɑŋ^{22}vɑn^{41}gɑ^{22}sə^{31}。

越过万丛山。

ɱɑu^{35}vuɑ^{35}jie^{13}pɑŋ^{22}lɑ^{31},

成群的飞鸟,

gɑ^{31}kɑ^{22}tɑu^{22}tɕi^{35}lɑi^{25},

追赶着谷把,

gɑ^{31}kɑ^{22}ɱɑu^{35}vuɑ^{35}ɱiɑŋ^{41},

谷把见飞鸟,

niei^{51}go^{31}qɑu^{25}lou^{51}lɑ^{31}:

心里发冷颤:

biu^{31}sɑ^{24}ŋɑ^{31}luo^{31}lɑu^{31},

人吃我情愿,

vuɑ^{35}sɑ^{35}ŋɑ^{31}niei^{51}ȵiɑŋ^{31}。

鸟吃我心伤。

qɑu^{25}lou^{51}biu^{31}ɱɑ^{35}sei^{33},

心里发颤人不知,

qɑu^{25}lou^{51}biu^{31}ɱɑ^{35}ɱiɑŋ^{41},

身上颤抖人不见,

qɑu^{25}lou^{51}ʤɑŋ^{35}sɑ^{35}ʐo^{22},

颤抖了半天,

qɑu^{25}lou^{51}gui^{33}pɑ^{41}ʐo^{22},

颤抖到傍晚，

gɑ^{31}kɑ^{22}ɱeŋ^{31}bo^{51}lɑ^{31},

谷把自翻身，

gɑ^{31}kɑ^{22}toŋ^{41}tɑo^{33}lɑ^{41},

谷把自张翅，

vuɑ^{35}bɑŋ^{35}diɑo^{51}lɑ^{31}tu^{24},

飞鸟快逼近，

gɑ^{31}kɑ^{22}buɱ^{41}nɑ^{51}biɑŋ^{51}。

谷把离人肩。

gɑ^{31}kɑ^{22}biu^{31}nɑ^{51}biɑŋ^{51},

谷把离肩膀，

luo^{31}lin^{51}ɱei^{41}go^{31}ei^{31},

一溜烟儿跑下地，

vuɑ^{35}pei^{22}tiu^{24}ɤu^{35}ŋuɑ^{22},

避过群鸟的眼光，

ɱei^{33}buŋ^{41}go^{31}ŋuɑ^{22}li^{35}。

山薯洞里把身藏。

ɱei^{33}buŋ^{41}ɤiei^{31}jiɑ^{33}tie^{25},

山薯洞有水，

gɑ^{31}jiɑu^{24}ŋuɑ^{25}ɱa^{13}ɤɑ^{35},

谷种藏不住，

ɱei^{33}buŋ^{41}vɑ^{51}ŋ̥ɑu^{31}nie^{31},

山薯洞里有老鼠，

gɑ^{31}jiɑu^{24}ŋuɑ^{25}ɱa^{13}ɱɑn^{51},

谷种躲不牢，

biu^{31} p'a^{22} buŋ^{41} gaŋ^{22} li^{24},

主人跟踪到洞口,

ȵau^{51} ɱiaŋ^{31} ga^{31} ɱa^{13} ɱiaŋ^{41}。

只见禾草不见粮。

(二)铜鼓换粮神

biu^{31} pei^{22} tiu^{24} biai^{51} lai^{22},

众人挂眼泪,

ko^{25} guo^{51} la^{53} ɱeŋ^{24} tie^{31},

回报众乡亲,

la^{31} ɱeŋ^{24} ka^{35} sei^{35} la^{35},

乡亲听回报,

sau^{33} ga^{41} tiu^{24} biai^{51} lai^{22}。

个个泪成行。

tiu^{24} biai^{51} gui^{51} biaŋ^{24} na^{35},

揩干了眼泪,

ɱaŋ^{35} pei^{22} tsaŋ^{51} la^{31} loŋ^{24},

父老重商量,

tie^{25} pin^{41} ʐa^{51} li^{24} luoŋ^{35},

再去找谷种,

jiau^{35} paŋ^{33} piaŋ^{35} ɱu^{41} li^{24}?

礼物用哪样?

wu^{33} gai^{22} ʤiu^{35} ɱiaŋ^{41} ɱa^{22},

那时彝家人,

kiai^{35} sen^{41} gin^{35} biŋ^{24} ʤi^{35},

铜鼓最宝贵,

$\mathrm{ga}^{31}\mathrm{jiau}^{24}\mathrm{ɣa}^{35}\mathrm{t'ai}^{22}\mathrm{ɣa}^{51}$，

为了取谷种，

$\mathrm{kiai}^{35}\mathrm{sen}^{41}\mathrm{qa}^{31}\mathrm{sou}^{33}\mathrm{paŋ}^{22}$。

真诚掀铜鼓。

$\mathrm{kiai}^{35}\mathrm{sen}^{41}\mathrm{luoŋ}^{31}\mathrm{na}^{51}\mathrm{biaŋ}^{51}$，

铜鼓离村庄，

$\mathrm{ko}^{25}\mathrm{tie}^{22}\mathrm{buŋ}^{35}\mathrm{ɱei}^{41}\mathrm{li}^{24}$，

重返老祖地，

$\mathrm{buŋ}^{35}\mathrm{tsuo}^{33}\mathrm{kiai}^{35}\mathrm{sen}^{41}\mathrm{ɱia}^{31}$，

老祖见铜鼓，

$\mathrm{gan}^{35}\mathrm{sai}^{51}\mathrm{piu}^{31}\mathrm{ar}^{22}\mathrm{sə}^{51}$，

认出自家人，

$\mathrm{ga}^{31}\mathrm{jiau}^{24}\mathrm{paŋ}^{33}\mathrm{oŋ}^{51}\mathrm{lai}^{22}$，

拿出稻谷种，

$\mathrm{tsa}^{51}\mathrm{ga}^{22}\mathrm{la}^{25}\mathrm{ʐa}^{41}\mathrm{ɱa}^{22}$。

教亲人育秧。

$\mathrm{li}^{35}\mathrm{pei}^{22}\mathrm{tsa}^{51}\mathrm{ga}^{22}\mathrm{qui}^{33}$，

使者育好秧，

$\mathrm{na}^{35}\mathrm{ba}^{35}\mathrm{tie}^{22}\mathrm{na}^{35}\mathrm{jiu}^{33}$，

耙田又插秧，

$\mathrm{jia}^{51}\mathrm{nai}^{24}\mathrm{sə}^{31}\mathrm{li}^{24}\mathrm{gai}^{22}$，

过了百十天，

$\mathrm{jie}^{25}\mathrm{ʐeŋ}^{51}\mathrm{na}^{35}\mathrm{go}^{41}\mathrm{to}^{51}$。

田里呈金黄。

jie^{31} ɣeŋ^{33} jiu^{33} ga^{41} ɱa^{22}，

新种的谷子，

ga^{31} naɱ^{51} ɱoŋ^{51} la^{13} ɱoŋ^{51}，

穗儿长又长，

piu^{31} pei^{22} ai^{41} paŋ^{22} li^{35}，

男女挂禾剪，

ga^{31} ka^{22} diaɱ^{51} ko^{22} lai^{25}。

剪回了禾把。

biu^{31} ɱia^{24} ga^{31} ka^{22} ɣau^{51}，

众人捋禾把，

ga^{31} ɱa^{31} ɱeŋ^{31} ŋua^{22} niei^{31}，

谷粒藏在身，

ɱa^{31} laŋ^{24} quaŋ^{31} tie^{22} sə^{31}，

绕过麻朗①山，

ɱa^{31} paŋ^{22} quaŋ^{31} tie^{22} lai^{25}，

绕过麻邦②水，

ŋa^{51} ban^{33} ɱən^{35} ɣu^{35} ŋua^{22}，

避开黄雀嘴，

ŋa^{51} ȵao^{51} diu^{24} ɣu^{35} ŋua^{22}，

躲过绿鸟眼，

la^{13} lia^{41} ɱei^{31} go^{22} lai^{25}，

回到了腊俩③，

---

① 麻朗：传说中最大的山。

② 麻邦：传说中最大的河。

③ 腊俩：今广西那坡达腊彝寨上片。

la^{13} ɱian^{22} ɱei^{31} na^{51} lai^{22}。
回到了腊敏①。

wu^{33} gai^{22} na^{51} qa n^{31} la^{31}，
打从那时起，
biu^{31} ɱiaŋ^{31} ɱia^{25} niei^{41} ɤa^{31}。
彝家有食粮。
ɱia^{25} niei^{41} bau^{35} ɱa^{13} daɱ^{35}，
有了食粮不忘祖，
ɱia^{25} nei^{41} jia^{51} boŋ^{31} jiu^{22}。
有了食粮代代种。

ga^{31} jiau^{24} la^{25} na^{51} ɤo^{22}，
粮种到手上，
ʥau^{33} ɱaŋ^{33} la^{31} ɤu^{35} jiu^{33}，
长老先种下，
piu^{31} ɱia^{24} kiei^{31} tao^{22} pa^{31}。
众人后面跟。

ɱei^{31} nie^{51} jau^{35} nie^{51} tou^{51}，
红土下红子，
ɱei^{31} na^{53} jiau^{35} na^{53} tou^{51}，
黑土下黑子，
ɱia^{25} ŋo^{51} tie^{22} ɱei^{31} na^{53}，
红土与黑土，

---

① 腊敏：今广西那坡达腊彝寨下片。

ɱiɑ^{25} ŋo^{51} tie^{22} lɑ^{31} ɱɑu^{33}。

催禾苗生长。

go^{33} go^{33} ɱɑ^{31} lai^{35} lɑ^{33}，

年年到四月，

ʥiu^{35} ɱiɑŋ^{44} k‘uoŋ^{31} kɑu^{24} nai^{35}，

彝家跳弓节，

ʣɑu^{35} ɱɑŋ^{35} kɑ^{41} suɱ^{41} tu^{24}，

父老到村头，

gɑ^{31} jiɑu^{24} ʐɑu^{35} lɑ^{41} ɱɑ^{22}，

请来了谷种，

tʂɑo^{22} jiɑu^{35} ʐɑu^{35} lɑ^{41} ɱɑ^{22}，

请来玉米种，

biɑŋ^{51} buɱ^{31} ɱɑ^{41} tʂɑu^{22} jiu^{33}，

左山种包谷，

wei^{35} nɑ^{35} tsɑ^{51} gɑ^{31} jiu^{22}，

右田插绿秧，

buɱ^{31} gɑu^{31} ɱɑ^{41} χou^{22} jiu^{33}。

坡前育红稗①。

buɱ^{31} tɑ^{33} loŋ^{35} jiɑŋ^{24} jiu^{33}……

坡背种高粱……

ʥuɱ^{35} ɱɑŋ^{35} kɑ^{53} jiɑu^{24} bɑi^{25}，

老祖赠粮种，

---

① 红稗：杂粮之一，适于高寒山区种植。

taŋ^{31} buoŋ^{31} ka^{53} ven^{24} ɣuoŋ^{53}。

世代护粮神。

五、麻弓行好运

[ɱa^{31} kuŋ^{35} sa^{35}]

国际音标： nai^{35} luo^{31} qa^{31} sau^{33} ta^{53}？

意　　译： 今日谁登台？

nai^{35} luo^{31} qa^{31} sau^{33} bie^{51}？

今日谁颂词？

nai^{35} luo^{41} ŋa^{31} ta^{53} li^{24}，

今日我登台，

nai^{35} luo^{41} ŋa^{31} bie^{53} pa^{22}。

今日我颂词。

saŋ^{31} ta^{53} bau^{35} taŋ^{35} que^{41}，

登台传祖音，

saŋ^{31} ta^{53} bau^{35} la^{41} sie^{51}，

登台唱祖歌，

que^{31} luo^{31} jiau^{35} taŋ^{35} que^{41}？

传的什么话？

sie^{51} luo^{31} jiau^{35} la^{41} sie^{51}？

唱的什么歌？

taŋ^{35} ɱa^{35} tsaŋ^{41} ŋa－ɱ^{13} que^{41}，

没有话题我不说，

niei^{51} ɱa^{13} tsaŋ^{41} ŋa－ɱ^{13} sie^{51}。

没有知音我不唱。

wu^{33} p'ɑ^{22} tɑu^{22} lɑ^{31} sie^{51}，

先唱那吴帕，

wu^{33} pei^{22} tɑu^{22} lɑ^{31} sie^{51}，

先唱那吴背①，

wu^{33} p'ɑ^{22} kuŋ^{35} vei^{33} tɑŋ^{22}，

吴帕当上“麻弓威”，

wu^{33} pei^{22} kuŋ^{35} niei^{22} ɱu^{31}。

吴背当上“麻弓义”②。

wu^{33} p' ɑ^{22} tie^{22} wu^{33} pei^{22}，

吴帕和吴背，

ɤu^{35} luo^{41} ɤɑu^{25} ɱu^{41} tie^{22}，

早日当了家，

ɱi^{35} jiuo^{51} ɤɑu^{25} ɱei^{35} ɱɑ^{22}，

夫妻俩全美，

wu^{33} pei^{22} ɱi^{35} jiuo^{51} ɱɑ^{22}，

吴背夫妻俩，

ɤu^{35} go^{33} gɑ^{22} ɤɑu^{25} tie^{25}，

早年结成双，

ɱi^{35} jiuo^{51} ɤɑu^{25} ɱei^{35} ɱɑ^{22}，

夫妻俩齐全，

ɱɑ^{31} kuŋ^{35} ɱiɑ^{25} ven^{35} ɤɑu^{35}，

麻弓请粮种，

---

① 吴帕、吴背：人称代词，正式吟唱时点出当事人小名。

② 麻弓威、麻弓义：分别指一年一届节庆活动承办者、领舞人正副麻弓，象征古代部族争战中彝族将领。“麻弓”二字本义为消除禁忌，引申为男女成熟的标志，男的叫“麻弓爸”，女的叫“麻弓妈”。

la^{31} ɱeŋ^{24} ɣə^{31} jiau^{31} lai^{22}。

百姓喜洋洋。

go^{33} go^{33} ɱia^{25} jiau^{35} tɕiŋ^{35}，

年年请粮种，

go^{33} go^{33} tsa^{51} ɣei^{33} fan^{51}，

年年发新秧，

tsa^{51} ɣei^{33} ɱa^{25} go^{41} jiu^{22}，

新秧插到田，

ɣei^{31} ou^{22} ɣei^{31} pian^{22} lai^{25}，

水源要跟上，

ki^{31} la^{22} ʤan^{25} ɱa^{13} ŋua^{25}，

手脚不贪闲，

ga^{31} tɕi^{31} go^{33} go^{33} ban^{31}。

年年谷满仓。

六、迎接锦绣神

[bo^{51} ven^{24} kau^{35}]

国际音标： saɱ^{33} nai^{33} buɱ^{31} ʤiai^{24} kau^{35}，

意　　译： 前日祭山神，

nei^{31} nai^{33} koŋ^{31} ʤiai^{24} kau^{35}，

昨日祭乐神，

nai^{35} ŋa^{31} buo^{51} ʤiai^{24} kau^{35}，

今日我祭锦绣神，

nai^{35} ŋa^{31} ban^{51} ʤiai^{24} kau^{35}。

今日我祭美好神。

ɱɑ^{31} ts‘ɑŋ^{35} kɑ^{41} ʥɑu^{24} tɑ,
山樟大树定规矩,
ɱɑ^{31} ʐei^{25} tɑŋ^{35} diɑŋ^{35} lɑi^{25}。
爆花软木传信息。

nɑ^{33} ɣɑ^{41} tie^{13} tɕ‘iɑn^{25} go^{33},
千年的磨难,
nɑ^{31} vɑ^{31} tie^{13} jiɑ^{51} buŋ^{31},
百代的煎熬,
gɑ^{31} ɣə^{51} ŋioŋ^{35} tu^{24} lɑi^{25},
远离邛都①过山来,
ə^{33} xɑi^{24} sə^{31} tie^{22} lɑi^{25}。
辞别洱海②过水来。

kuɑn^{33} dɑn^{24} biɑŋ^{51} tie^{22} lɑi^{25},
离开了下关,
nɑɱ^{35} vuɑ^{35} nɑ^{51} ɣuo^{22} lɑi^{25},
展转到南华,
nɑɱ^{35} vuɑ^{35} bɑu^{35} tsuo^{33} ɱiei^{31},
南华老祖地,
ɑi^{33} lɑu^{41} buɱ^{31} qɑŋ^{51} ɱiɑŋ^{31}。
遥望哀牢岭。

p‘u^{35} ə^{24} ɱei^{31} li^{24} nɑ^{53} biɑŋ^{53},
离别普耳地,

① 邛都:地名,即今四川省大凉山州府所在地——西昌。
② 洱海:湖名,在云南省境内。

guo^{25} tie^{22} ʐə^{31} wo^{31} li^{24}，

重返昆明池，

kiɑn^{24} kiɑi^{31} tiɑn^{33} tɕi^{31} bɑŋ^{24}，

来到滇池边，

ʐə^{31} wo^{33} biu^{41} ɱu^{31} niei^{31}。

昆明人后裔。

buŋ^{41} sə^{31} lu^{51} nɑɱ^{24} nɑ^{51}，

隔代迁住路南坡，

lu^{51} nɑɱ^{24} buɱ^{31} tɑ^{33} suŋ^{41}。

路南坡上搭下窝。

kɑu^{35} sie^{51} pu^{31} dɑi^{35} dɑu^{25}，

九百里路下广南，

sie^{51} buŋ^{31} dɑi^{35} dɑu^{25} suŋ^{31}，

广南生活数十代，

fu^{35} tsou^{35} ŋuɑ^{35} nɑ^{51} lɑi^{22}，

来到富宁岭南坳，

ŋuɱ^{31} go^{31} ki^{31} nɑ^{24} lɑi^{25}。

山林地里来歇脚。

gɑ^{31} ŋuɑ^{35} buɱ^{31} soŋ^{33} kʻɑu^{41}，

岭南山坳三角山，

buŋ^{31} soŋ^{33} kʻɑu^{41} tɑ^{33} biɑŋ^{51}，

三角山为分水岭，

tʂin^{51} ɑn^{33} ɱei^{41} nɑ^{51} lɑi^{22}，

进入镇安广府地，

lɑ^{51} liɑ^{41} buɱ^{31} tɑ^{33} soŋ^{41}。

腊俩山上长生息。

tie^{31} tɕʻian^{22} go^{33} ɱai^{35} soŋ^{41}，

生生息息千几年，

ŋa^{35} sie^{51} buŋ^{31} la^{41} ɱuo^{22}。

腊摩换了五十个。

nai^{35} ŋa^{41} buo^{51} ven^{24} dou^{51}，

今天遇上锦绣神，

nai^{35} ŋa^{41} vua^{35} ven^{35} dou^{51}。

今天遇上美好神。

buo^{51} ven^{24} dou^{51} tʻai^{22} pie^{51}，

遇上锦绣神而颂，

vua^{35} ven^{35} dou^{51} tʻai^{22} pie^{51}，

遇上美好神而念，

buo^{51} ven^{24} kau^{35} na^{35} tʻa^{41}，

祭了锦绣神，

ɱiaŋ^{31} loŋ^{31} ʐiei^{22} ka^{22} ɱei^{35}，

彝乡山水年年新，

ban^{51} ven^{24} kau^{35} na^{35} tʻa^{41}，

祭了美好神，

ɱiaŋ^{31} ti^{33} la^{31} ɱəŋ^{24} koŋ^{31}。

彝家百姓岁岁欢。

ɤa^{31} nai^{24} ɱa^{31} li^{35} tʻa^{41}，

往后的日子，

ɤa^{31} ʤaŋ^{24} ɱa^{31} li^{35} tʻa^{41}，

往后的时辰，

ʤau^{35} ɱaŋ^{35} jiau^{35} t‘ou^{51} ei^{31}，

父老去播种，

ʤa^{35} ɱaŋ^{35} tsa^{51} jiu^{22} ei^{31}，

父老去栽秧，

buɱ^{31} va^{51} ɱa^{31} fan^{33} la^{31}，

禽兽莫来践踏，

ɱau^{35} va^{35} ɱa^{31} gau^{35} la^{41}，

飞鸟莫来偷食，

…………

七、占　卜

[ɤiei^{31} ts‘a^{22}]

国际音标： uo^{33} ji^{33} uo^{31}——

意　　译： 哦咦哦——

ʟa^{25} na^{51} ɱa^{31} liau^{24} soɱ^{25}，

手拿把山竹，

ɤiei^{31} ɱa^{24} tie^{35} toɱ^{51} ɱa^{22}，

是一把神条，

ŋa^{31} paŋ^{33} ɤau^{41} la^{31} n̥i^{24}，

我拿来数数，

ŋa^{31} paŋ^{33} ɤiei^{41} ts‘a^{22} lai^{25}。

我拿来占卜。

niei^{51} ɱa^{314} dau^{35} ŋa^{31} ɱa^{13} ɤau^{41}，

没有心思我不数，

ɣa^{31}ɱa^{13}tsaŋ^{41}ŋa^{13}ɱa^{13}ts‘a^{35}，

没有事情我不占，

gan^{35}sai^{51}ŋa^{31}dai^{22}ts‘a^{35}，

主人有事我来数，

gan^{35}sai^{51}tɕ‘iŋ^{35}ŋa^{41}ts‘a^{35}。

主人邀请我来占。

dau^{35}ɣa^{41}－ɱ^{13}duo^{51}ga－ɱ^{13}ts‘a^{35}，

没有心思我不卜，

dau^{31}ɣa^{41}duo^{51}ŋa^{31}ts‘a^{35}。

有了心思我来卜。

ŋai^{35}jiau^{35}ŋa^{41}ɱa^{13}jioŋ^{41}，

别样我不用，

ŋai^{35}jiau^{35}ŋa^{41}ɱa^{13}paŋ^{33}，

别样我不拿，

t‘uo^{33}die^{25}ɱa^{41}liau^{24}jiu^{34}，

就用这山竹，

t‘uo^{33}die^{25}sei^{51}qie^{51}jiu^{31}。

就拿这硬木。

ɱa^{31}luo^{31}tu^{35}ar^{35}xau^{41}？

竹子属哪类？

sei^{51}luo^{31}tu^{35}ar^{34}k‘a^{22}？

木条归哪路？

ɣoŋ^{33}tsuo^{33} tsɑu^{35}xɑu^{41}ɱɑ^{22},

是属白松香①,

ɣoŋ^{33}nɑ^{51}xɑu^{31}ɱɑ^{13}tsɑu^{35}?

还是黑松香?

ɣoŋ^{33}ɣei^{51}xɑu^{31}ɱɑ^{35}tsɑu^{35},

是属黄松香,

ɣoŋ^{33}nei^{51}xɑu^{31}ɱɑ^{35}tsɑu^{35}?

还是红松香?

ɣoŋ^{33}tsuo^{33}ɱɑ^{13}ŋɑi^{33}qɑ^{33},

不是白松香,

ɣoŋ^{33}nɑ^{51}ɱɑ^{13}ŋɑi^{33}qɑ^{33},

不是黑松香,

ɣoŋ^{33}ɣei^{51}ɱɑ^{13}ŋɑi^{33}qɑ^{33},

不是黄松香,

ɣoŋ^{33}nie^{51}ɱɑ^{13}ŋɑi^{33}qɑ^{33}。

不是红松香。

sei^{51}ɑr^{22}ɱɑ^{31}ɑr^{22}ŋui^{33},

竹木有根子,

sei^{51}ɑr^{22}ɱɑ^{31}ɑr^{22}tɕ‘ie^{31},

竹木有主干,

sei^{51}ɑr^{22}jie^{24}tɕ‘ie^{41}ɱuoŋ^{53},

竹木根儿长,

ɱɑ^{31}ɑr^{22}jie^{13}ɱɑ^{35}deŋ^{41}。

竹木干儿壮。

---

① 松香:易燃物品,比喻事情容易消失,不留痕迹。

ɣiei^{31} toŋ^{51} lɑ^{22} nɑ^{51} suŋ^{22}，

手中的竹木，

die^{31} toŋ^{51} lɑ^{25} bie^{33} ɱɑ^{22}，

一把抓满掌，

biu^{51} tie^{22} ɱiɑŋ^{41} sou^{33} tsʻoŋ^{22}，

莫看把儿小，

kɑu^{35} ʤɑ^{35} siə^{51} ʤɑ^{24} sei^{33}。

能通千百样。

ɣiei^{31} toŋ^{51} lɑ^{25} nɑ^{51} suŋ^{22}，

手中的竹木，

lɑ^{25} tie^{13} ɣuŋ^{35} sou^{33} ɱoŋ^{51}，

一个手臂长，

luŋ^{24} tie^{25} ɱiɑŋ^{41} sou^{33} tsoŋ^{22}，

莫看尺寸短，

kɑu^{35} ʤɑ^{35} sie^{51} ʤɑ^{13} tuo^{51}。

灵验过百样。

ɱɑ^{31} ɑr^{22} jie^{25} toŋ^{51} suŋ^{22}，

竹木抓成把，

tsʻɑ^{35} tie^{22} ɱɑu^{35} tʻɑ^{33} li^{24}，

占卜到天上，

ɱɑu^{35} tɑ^{33} dɑu^{31} diei^{33} tsʻɑ^{24}，

天上占星星，

ɱɑu^{35} tɑ^{33} lɑ^{22} pɑ^{33} tsʻɑ^{35}。

天上卜月亮。

ɱa^{31} ar^{22} jie^{13} toɱ^{51} suɱ^{22},

竹木拿成把,

ts'a^{35} tie^{22} ɱau^{35} t'a^{33} li^{24},

占卜到天上,

ɱau^{35} t'a^{33} ven^{35} niei^{51} ɱei^{24},

天上神开恩,

ts'a^{22} tie^{22} ɱei^{31} t'a^{33} lai^{22},

占卜到地上,

ɱei^{31} t'a^{33} ven^{35} p'iaŋ^{35} lau^{35}。

土地神开脸。

ɱei^{31} t'a^{33} kau^{33} tuɱ^{35} qiei^{51},

地上宽又广,

tu^{35} ar^{35} ɱa^{51} ts'a^{22} pau^{31}?

先卜哪一样?

wu^{33} ar^{35} ɣiei^{41} ts'a^{22} pau^{31},

先卜那水头,

ɣiei^{31} ou^{22} bai^{25} ɡoŋ^{51} niei^{31},

水头有只灰蚂蝗,

wu^{33} ar^{22} ɣiei^{31} ka^{31} ts'a^{22},

要卜那水流,

ɣie^{31} ka^{31} bai^{25} na^{51} niei^{31},

水流有只黑蚂蝗,

ɣiei^{31} ou^{25} qa^{31} bai^{25} niei^{41},

蚂蝗在水头,

ɣiei^{31} taŋ^{31} qa^{31} bai^{25} niei^{41},

蚂蝗在水尾,

sai^{33}daŋ^{41}ɱeŋ^{31}ɱeŋ^{31}nu^{24}lai^{25},

吸血身柔软,

tsau^{35}ɱu^{31}tsau^{35}ɱa^{13}tie^{25}。

派不了用场。

ɱa^{31}ar^{22}jie^{13}koɱ^{51}ɱa^{31},

竹木汇成把,

ts‘a^{35}tie^{22}ti^{35}gaɱ^{35}ɣuo^{22},

占卜到家门,

ti^{35}gaɱ^{35}lau^{51}ga^{31}niei^{31},

家门有规矩,

va^{25}sa^{22}len^{31}qa^{51}sei^{25}。

猪潲莫乱倒。

ɱa^{31}ar^{22}jie^{25}tuɱ^{53}suɱ^{25},

竹木握成把,

tiaŋ^{31}ga^{24}na^{53}ts‘a^{22}la^{31},

占卜到屋堂,

ti^{33}go^{41}la^{31}ɱi^{35}niei^{41},

家中有男女,

la^{31}ɱi^{35}jie^{24}suɱ^{41}tie^{22}。

男女好成双。

tiaŋ^{31}ga^{24}ɣau^{25}ɱaŋ^{35}niei^{41},

堂前老夫妻,

jia^{51}go^{33}və^{25}ɱa^{35}daɱ^{35},

百年偕老不相忘,

ti^{35} go^{31} ɣɑu^{25} ɣei^{33} ɱɑ^{22}，

门上新伉俪，

gui^{33} gɑɱ^{41} vuɑ^{35} gin^{35} sou^{33}。

日夜相伴赛鸳鸯。

ɱɑ^{31} ɑr^{22} jie^{25} toɱ^{51} tie^{22}，

成把的竹木，

ɣiei^{31} ɑr^{22} jie^{25} boŋ^{51} tie^{22}，

成扎的神条，

ts'ɑ^{35} tie^{22} jiuo^{53} ɑɤ^{22} lɑi^{22}，

占卜到男儿，

jiuo^{51} ɑr^{22} ʐeŋ^{24} gɑ^{53} ɱu^{31}；

男儿生得壮；

ts'ɑ^{35} tie^{22} nɑɱ^{51} t'ɑ^{33} lɑi^{22}，

占卜到女儿，

nɑɱ^{51} ɑr^{22} ɱi^{35} lɑu^{35} ɱu^{41}，

女儿养得俏，

jiɑ^{51} ɑr^{22} ɱɑɱ^{51} ɑr^{22} pei^{22}，

男女聚一堂，

t'i^{35} go^{41} wɱ^{31} ɣɑ^{31} ɱu^{31}。

满屋喜洋洋。

ts'ɑ^{35} tie^{22} lɑ^{31} tɕi^{35} ɱɑŋ^{35} lɑi^{22}，

占卜到牲口，

lɑ^{31} ɱɑŋ^{33} sou^{51} lɑ^{31} sou^{51}。

牲口肥又壮。

ɣɑ^{31} nɑi^{24} ɱɑ^{31} li^{35} tʻɑ^{41}，

往后的日子，

ɣɑ^{31} ʤɑŋ^{24} ɱɑ^{31} li^{35} tʻɑ^{41}，

往后的时辰，

qɑŋ^{51} tɕin^{31} ȵu^{35} pin^{35} li^{35}，

放牧到坡梁，

buɱ^{31} nɑ^{51} ɱoŋ^{35} pin^{35} li^{35}，

放牧到山上，

sɑ^{31} sɑ^{24} buo^{51} tie^{22} lɑ^{31}，

吃罢青草转回屋，

biɑ^{25} dou^{51} kuo^{25} kɑ^{35} sei^{33}，

遇着悬崖能回头，

loŋ^{35} dou^{51} kɑ^{31} tsɑ^{33} ɡui。

遇着森林认得路。

buɱ^{31} nɑ^{51} ɱiɑu^{22} kɑŋ^{33} pei^{22}，

山上的猛虎，

loŋ^{35} ɡuo^{41} vie^{31} sen^{24} pei^{22}，

林中的恶狼，

ȵu^{35} ɱiɑŋ^{41} ɱoŋ^{35} ɱiɑŋ^{41} tɑ^{31}，

见了马牛羊，

jiu^{31} nɑ^{51} fɑn^{33} lɑ^{41} sei^{25}；

切莫来损伤；

kɑ^{31} doŋ^{51} dɑi^{35} ɡɑu^{35} pei^{22}，

坝上的强盗，

buɱ^{31} nɑ^{51} biu^{31} ȵɑi^{33} pei^{22}，

山里的坏人，

buɱ^{31}tɑ^{33}tɕi^{35}ɱɑŋ^{35}ɱiɑŋ^{41},

见牛马在山,

jiu^{31}ɱɑ^{22}dɑn^{51}jiu^{31}sei^{25}。

切莫来抢夺。

ts‘ɑ^{35}tie^{25}kɑ^{51}nɑ^{51}lɑi^{33},

占卜到米粮,

kɑ^{51}ȵɑŋ^{24}tɕi^{31}nɑ^{51}bie^{33},

米粮积满仓,

kɑ^{51}jiɑu^{24}ɱei^{31}nɑ^{51}t‘ou^{51},

粮种播下土,

kɑ^{51}ɱɑ^{24}diŋ^{31}lɑ^{31}diŋ^{31}。

苗儿出得壮。

bɑu^{35}jiei^{33}qɑn^{35}lɑi^{25}sei^{33},

害虫莫来啃,

ɱɑu^{35}vuɑ^{35}duo^{33}lɑi^{25}sei^{33},

鸟雀莫来伤,

tsɑu^{25}nɑɱ^{51}jie^{31}ɱɑ^{41}ɱɑɱ^{51},

苞谷棒棒粗,

gɑ^{31}nɑɱ^{51}jie^{24}ɱɑ^{41}du^{31}。

稻谷穗儿长。

ts‘ɑ^{31}tie^{22}qɑ^{33}nɑ^{51}ɤuo^{22},

占卜到米酒,

gɑ^{33}ʥi^{51}xuɱ^{24}lɑ^{31}xuɱ^{13}。

米酒溢醇香。

ɣa^{31}nai^{24}ɱa^{31}li^{35}tʻa^{41},

往后的日子,

ɣa^{31}ʤaŋ^{24}ɱa^{31}li^{35}tʻa^{41},

往后的时辰,

diuɱ^{35}kiei^{41}pa^{35}ɱa^{35}lai^{22},

老祖到父母,

pa^{31}kiei^{41}ar^{35}pei^{22}lai^{22},

父母到儿孙,

kau^{35}buŋ^{41}sə^{51}buŋ^{31}ɱa^{22},

三六十八辈,

ga^{33}tsʻau^{41}ʐiei^{31}ʐa^{24}daŋ^{31}。

能喝上美酒。

tsʻa^{35}tie^{22}sou^{25}na^{51}lai^{22},

占卜到蓝靛,

sou^{25}van^{51}lau^{35}ʐa^{41}lau^{35},

蓝靛色鲜艳,

pʻa^{31}tuɱ^{24}vaŋ^{33}tie^{22}ʐa^{35},

染得家织布,

ɱai^{35}sei^{22}vaŋ^{33}tie^{22}ɣa^{35},

染得丝绸线,

pa^{35}buŋ^{41}bau^{35}tau^{22}ba^{31},

父辈承老祖,

ar^{35}buŋ^{41}pa^{35}tau^{22}ba^{31},

儿女承父辈,

kau^{35}buŋ^{41}sə^{51}buŋ^{31}tie^{22},

漫漫十八代,

piaŋ^{31} ɤei^{33} vɑn^{41} go^{33} duo^{51}。

新衣度新年。

八、阿米立位

[ɱi^{35} ɤɑ^{41} gu^{31}]

国际音标：ʤɑ^{35} kuo^{13} ʤɑ^{35} nɑ^{51} ɱ‘ɑ^{22}，

意　　译：占卜了一件件，

ʤɑ^{35} kuo^{13} ʤɑ^{35} nɑ^{51} ben^{51}，

占卜完一桩桩，

ʤɑ^{24} kuo^{31} ʤɑ^{25} tɑŋ^{35} ŋɑi^{35}，

件件是闲话，

ʤɑ^{24} kuo^{31} ʤɑ^{24} tsɑŋ^{33} pi^{33}。

桩桩作比方。

tɑŋ^{35} ŋɑi^{35} tɑŋ^{35} tɕin^{41} tie^{22}，

闲话引实言，

tsɑŋ^{33} pi^{33} tɑŋ^{24} t sɑi^{53} uo^{53}，

比喻出话题，

tɑŋ^{35} sɑi^{51} tu^{35} ɑr^{35} ʤɑ^{24}？

实言是哪件？

tsɑu^{35} pɑ^{22} gɑ^{33} pɑ^{33} ɱu^{41}，

问谁做酒酿，

tsɑu^{35} pɑ^{22} gɑ^{33} ɱei^{35} ɱu^{41}，

问谁酿美酒，

dɑi^{35} gui^{22} ti^{35} guo^{31} ɱɑ^{22}，

阿魁一家子，

ɱian^{51} tie^{31} jie^{25} buoŋ^{31} ɱei^{24}。

世代美名扬。

qa^{31} gui^{33} ti^{35} ou^{35} pa^{22}，

户主老阿魁，

sai^{51} deŋ^{24} ʐeŋ^{24} qa^{51} pa^{22}，

身强力气壮，

tsao^{31} ei^{22} ʥi^{35} ka^{51} biaŋ^{24}，

主意传左右，

ti^{35} go^{41} tiaŋ^{31} na^{51} din^{31}。

稳坐屋中央。

dai^{35} gui^{33} ɱi^{35} tie^{25} pa^{22}，

阿魁贤良妻，

ʐu^{35} nai^{35} ti^{35} vaŋ^{41} la^{31}，

早日到中堂，

kaŋ^{33} ʣa^{35} bia^{35} ʣa^{35} ga^{41}，

内外大小事，

ɱi^{35} juo^{51} tsaɱ^{51} tie^{22} ɱu^{31}。

夫妻同商量。

qa^{31} gui^{33} pa^{35} ɱaŋ^{35} niei^{41}，

阿魁有老父，

pa^{35} ɱaŋ^{35} ʐei^{33} sie^{51} tie^{22}，

老父过七旬，

qa^{31} gui^{33} ɱa^{35} ɱaŋ^{35} ɱiei^{41}，

阿魁有老母，

ɱa^{35} ɱaŋ^{35} ɱau^{35} go^{33} ʐa^{35} 。

老母年岁长。

gan^{35} tie^{25} sai^{31} ɱu^{31} tie^{22} ，

成家和立业，

na^{35} ɱau^{35} jie^{35} lao^{51} ɱiei^{31} ，

自古有规章，

pa^{35} ɱa^{35} oɱ^{41} pai^{22} ɱu^{31} ，

关爱父母亲，

ɱi^{35} juo^{51} və^{25} loŋ^{24} niei^{31} 。

夫妇同担当。

qa^{31} gui^{33} vei^{33} ȵiei^{22} niei^{31} ，

阿魁有兄弟，

vei^{33} ȵiei^{22} gan^{35} taŋ^{24} lai^{25} ，

兄弟来当家，

qa^{31} gui^{33} vei^{33} ɱi^{35} niei^{41} ，

阿魁有姐妹，

vei^{33} ɱi^{35} gan^{35} taŋ^{22} la^{31} 。

姐妹去成家。

qa^{31} gui^{33} ɱa^{31} sa^{35} la^{41} ，

阿魁妻子到，

və^{25} dan^{22} gan^{35} na^{33} ɱu^{41} ，

一同操家事，

vei^{33} kaŋ^{33} pa^{24} ʐa^{24} taŋ^{22} ，

长兄如严父，

ɱie^{33} kaŋ^{33} ɱa^{35} ʐa^{41} taŋ^{22} 。

长嫂犹慈母。

tsoŋ^{24}vin^{31}tiaŋ^{31}go^{31}ta^{22}，

圆桌摆中堂，

ʤi^{31}gai^{31}ʐaŋ^{35}gai^{41}la^{31}，

美酒佳肴上，

jie^{24}ɱaŋ^{35}gai^{41}nu^{35}pei^{22}，

老少共圆席，

tɕi^{51}ar^{22}sa^{31}ar^{35}pei^{35}。

男女同欢畅。

kau^{35}jiaui^{35}kau^{41}vaŋ^{31}ɱa^{22}，

九样合我意，

tie^{31}jiau^{35}kau^{41}－ɱ^{13}vaŋ^{41}。

有样不合意。

sie^{53}jiau^{24}niei^{53}vaŋ^{31}ɱa^{22}，

十样能开心，

tie^{31}jiau^{35}niei^{51}－ɱ^{13}vaŋ^{41}。

有样不合心。

jiuo^{53}p‘a^{22}dai^{35}kui^{33}ɱa^{22}，

大男子阿魁，

sa^{35}p‘a^{22}dai^{35}ɱi^{35}ɱa^{22}，

妇女家阿米，

ɤau^{25}ɱu^{41}soŋ^{33}guo^{33}sə^{41}，

婚配三五载，

ɱi^{35}jiuo^{51}ɱiei^{53}və^{35}ɱei^{24}，

夫妻情意深，

nɑi^{35} luo^{31} dɑn^{22} ei^{31} lɑ^{31}，

日里常相伴，

ɱin^{31} luo^{31} tu^{33} tie^{25} niei^{41}，

夜里常相处，

tu^{35} tie^{25} niei^{41} su^{33} niei^{41}，

进出空作伴，

ɱeŋ^{31} k‘iɑn^{22} ɣɑ^{31} – ɱ^{13} ɱiɑŋ^{41}。

不见身有喜。

ɱɑu^{35} ȵɑ^{41} ɱɑu^{35} ven^{31} ʐɑu^{24}，

天上找天神，

ɱei^{31} kiei^{31} ɱei^{31} ven^{24} ʐɑu^{35}，

地上寻地祇，

ɱɑu^{35} ven^{35} ɣei^{53} ɱen^{35} piɑŋ^{35}，

天神开金桑，

ɱei^{31} ven^{24} p‘u^{31} ɱen^{13} peɑŋ^{35}：

地祇出玉言：

sɑ^{31} ɱi^{35} niei^{41} ɱɑ^{24} sɑ^{51}，

阿米身有病，

sɑ^{31} ɱi^{35} ɱəŋ^{31} ɱɑ^{13} k‘iɑn^{35}，

阿米不带喜，

tsɑu^{35} t‘ɑi^{35} ɱɑ^{13} ŋɑi^{33} qɑ^{33}，

不是为别样，

tsɑu^{35} ɣɑ^{41} ɱɑ^{13} ŋɑi^{33} qɑ^{33}，

不是为别事，

jiuo^{53} t‘i^{35} vɑŋ^{41} lɑ^{31} ɱɑ^{22}，

只因入夫家，

ʥiŋ^{35} pei^{22} ŋa^{31} sei^{33} qa^{33}，

老祖未得知，

nai^{35} ŋa^{22} niei^{25} tuŋ^{41} ɣei^{25}，

今日割两翼①，

nai^{35} ŋa^{22} lai^{35} kiei^{35} ban^{53}，

今日斩四腿②，

guo^{53} tie^{22} ʥiuŋ^{35} pei^{22} t'ie^{31}，

禀告老祖先，

kuo^{53} tie^{22} ŋau^{35} buŋ^{41} biu^{31}。

禀告上古人。

ʥiuŋ^{35} pei sə^{31} p'ian^{22} lai^{25}，

老祖先开恩，

ŋau^{35} buŋ^{41} biu^{31} ŋen^{35} piaŋ^{35}，

上古人开言，

sa^{31} ŋi^{35} pai^{22} t'i^{35} piaŋ^{35}，

让阿米入户，

sa^{31} ŋi^{35} pai^{22} din^{31} tie^{22}。

为阿米立位。

t'i^{35} vuaŋ^{41} ŋeŋ^{31} kian^{22} la^{31}，

入户入得真，

din^{31} ɣa^{31} din^{31} tie^{22} ŋan^{53}，

立位立得牢，

ɣiei^{31} ŋa^{24} ɣiei^{31} ou^{22} gaŋ^{31}，

河水靠源流，

---

① 割两翼：喻杀鸡。

② 斩四腿：喻杀猪。

sɑi^{33} kɑŋ^{33} sɑi^{33} ŋui^{33} k‘ɑu^{31}。
大树靠根叶。

rɑ^{31} nɑi^{24} ɱɑ^{31} li^{35} t‘ɑ^{41}，
往后的日子，
ɣɑ^{31} ʤɑŋ^{24} ɱɑ^{31} li^{33} t‘ɑ^{41}，
往后的时辰，
qɑ^{31} gui^{33} pɑi^{22} lɑ^{31} ɱei^{24}，
祝阿魁好运，
sɑ^{31} ɱi^{33} ɱeŋ^{41} kiɑn^{22} lɑ^{31}。
祝阿米上喜。
pɑ^{35} ku^{41} p‘ɑ^{22} tie^{25} niei^{41}，
有人喊阿爸，
ɱɑ^{35} ku^{41} p‘ɑ^{22} tie^{25} niei^{41}。
有人叫阿妈。

jiuo^{53} qɑ^{22} jiuo^{53} p‘ɑ^{22} deŋ^{31}，
生男男儿壮，
ɱɑɱ^{53} qɑ^{22} ɱɑɱ^{53} p‘ɑ^{22} lɑu^{35}，
生女女儿俏，
jiuo^{53} deŋ^{31} ɱɑɱ^{53} lɑu^{24} tie^{22}，
矫男和俏女，
jiŋ^{22} tsɑŋ^{22} ɱi^{35} ɑɱɑ^{13} dɑɱ^{35}，
接上香火枝，
ʤuɱ^{35} tɑu^{22} ʤuɱ^{35} p‘ɑ^{35} die^{24}，
传宗又接祖，

jiɑ⁵¹ buŋ³¹ jie³¹ ŋui³³ niei⁴¹。

百世有根基。

九、清　居

[ɱei³¹ ɤɑ³¹ kiɑi³³]

国际音标： ɑi³³——

意　　译： 唉！——

duo⁵³ luo³¹ ŋɑ³¹ lɑŋ³³ die²⁵，

多啰牙朗嗲，

vuɑ³⁵ p'ɑu⁴¹ vuɑ³⁵ nie⁵¹ jiu³¹，

红毛大公鸡，

gɑ³³ lɑi³⁵ siɑn³³ lɑ⁴¹ loŋ²⁴，

配上四笺酒，

ʤuɱ³⁵ ɱɑŋ³⁵ ʤɑi³⁵ bɑi²⁵ li³⁵。

祭祀老祖先。

nɑi³⁵ ŋɑ⁴¹ bie⁵³ tɑŋ²⁴ que，

今儿我诵词，

nɑi³⁵ ŋɑ⁴¹ bie⁵³ lɑ³¹ sie⁵¹，

今儿我唱诗，

tsɑu³⁵ tɑi³⁵ bie⁵³ tɑŋ²⁴ que³¹？

诵词为哪样？

tsɑu³⁵ tɑi³⁵ bie⁵¹ lɑ³¹ sie⁵¹？

唱诗为哪桩？

ŋɑi³⁵ tɑŋ³⁵ ɤɑ⁴¹ ɱɑ¹³ ŋɑi³³，

不是为哪样，

ŋai^{35}ʤa^{35}ɤa^{41}ɱa^{13}ŋai^{33}。

不是为哪桩。

sa^{31}ɱi^{35}ɤa^{41}din^{31}ɤa^{53}，

为阿米立位，

sa^{31}ɱi^{35}tɕʻie^{41}ga^{53}tai^{35}。

为阿米扎根。

din^{31}tie^{22}ti^{35}kaŋ^{33}ta^{22}，

立位立在高屋上，

tɕʻie^{31}ga^{53}ɱei^{31}ɱei^{24}ta^{22}。

扎根扎在好地方。

nai^{35}ŋa^{41}ti^{35}kaŋ^{33}ɤa^{51}，

今日我来选高屋，

nai^{35}ŋa^{41}ɱei^{31}ɱei^{24}ɤa^{53}。

今日我来看地方。

ŋa^{31}ȵi^{35}ti^{35}kaŋ^{33}ɱa^{22}，

我看过的高屋，

ŋa^{41}ȵi^{35}ɱei^{31}ɱei^{24}ɱa^{22}，

我看过的地方，

jie^{31}ȵai^{33}bai^{25}ɱa^{13}niei^{41}，

邪恶不许留，

jie^{31}tʻa^{33}bai^{25}ɱa^{13}ŋua^{25}。

脏物不许藏。

ɤu^{35}luo^{41}jie^{31}ȵai^{33}niei^{41}，

昔日有邪恶，

ɤu^{35}luo^{41}jie^{31}ʻa^{33}niei^{41}，

昔日有脏物，

vuɑ^{35} pɑu^{41} jie^{31} ȵɑi^{33} k‘iɑi^{33},

我携雄鸡驱邪恶，

ɤi^{31} toɱ^{51} nie^{25} ȵɑi^{33} k‘iɑi^{33}。

我拿神条赶妖魔。

lɑ^{25} sie^{51} ti^{33} guɱ^{41} buo^{51},

举手翻屋顶，

ŋuɑ^{53} nie^{51} ŋuɑ^{53} ȵɑu^{53} ɱɑ^{22},

屋顶红蓝瓦，

jie^{31} sou^{33} suo^{51} qɑ^{31} ɱiɑŋ^{31},

横竖看得清，

nie^{25} ȵɑi^{33} ŋuɑ^{25} ɱɑ^{31} ɤɑ^{35}。

邪恶无处藏。

tɑ^{53} tie^{22} gə^{31} ʐeŋ^{33} li^{24},

攀爬到楼上，

gə^{31} ʐeŋ^{33} kɑ^{53} tɕi^{31} niei^{31},

楼上是粮仓，

tɕi^{31} guo^{31} gɑ^{31} tɑ^{22} ɤɑ^{31},

仓内存满粮，

ts‘ɑ^{33} ʤɑ^{35} nieiɤɑ – ɱ^{13} p‘u^{33}。

脏货无处藏。

diu^{24} kɑ^{31} bɑn^{31} kuo^{22} lɑ^{31},

收回我眼光，

suo^{53} tie^{22} ɤɑu^{25} nɑ^{51} ɤuo^{22}，

擦一擦炕架①，

ɤɑu^{25} tɑ^{33} jiu^{24} ɱɑ^{31} niei^{31}，

炕架炕茶果②，

jiu^{24} ɱɑ^{31} xuŋ^{24} lɑ^{31} xuŋ^{24}。

茶果溢油香。

jiu^{24} qie^{33} jiɑ^{51} ʤuŋ^{31} ŋɑŋ^{31}，

油香敌百味，

jiu^{24} qiei^{33} bɑu^{35} ɱiei^{22} sɑi^{33}，

油香防百虫，

bɑu^{35} ɱiei^{22} niei^{31} ɤɑ－ɱ^{13} p‘u^{33}，

百虫不上架，

luo^{51} ɑr^{22} niei^{31} ɱɑ^{13} ɤɑ^{35}。

蛆儿无处藏。

ɱi^{35} jiuo^{51} tɕi^{31} nɑn^{31} suo^{53}，

察看夫妻床，

tɕi^{31} nɑn^{31} tɑ^{33} bɑŋ^{24} duo^{51}，

床上绫罗帐，

lɑi^{35} biɑŋ^{33} duŋ^{41} ɤɑ－ɱɑ^{13} tsɑŋ^{41}，

四面无风眼，

ŋɑ^{53} suŋ^{31} wu^{35} guo^{41} niei^{31}。

正适嬉鸳鸯。

guŋ^{35} luŋ^{22} ɱiɑ^{35} tsuo^{41} lɑ^{31}，

抬起众板凳，

---

① 炕架：又称吊托。用四块板镶框，竹篾织底，吊挂于火灶上方的家用具。

② 茶果：即茶油果籽。比喻好粮物。

ɡuɱ^{35}luɱ^{22}sɑi^{33}qie^{51}ʤɑ^{24}，

板凳木质坚，

sɑ^{31}ɱi^{35}din^{41}ɤɑ^{31}ɱɑn^{51}，

阿米坐得稳，

niei^{51}din^{41}ɤɑ^{31}ɱɑn^{51}。

心绪不慌张。

ʐuŋ^{41}p‘iei^{22}suo^{53}li^{24}loŋ^{35}，

再看看铺板，

ʐuŋ^{41}p‘iei^{22}ʐɑn^{51}ɤɑ－ɱ^{13}tsɑŋ^{41}，

铺板镶无缝，

sɑ^{31}ɱi^{35}tɑ^{33}buŋ^{41}jiɑu^{33}，

阿米站上方，

sɑi^{51}diɑŋi 31niei^{53}ɱɑ^{13}。

身正心莫慌。

kɑɱ^{35}ɡuo^{41}ȵu^{35}vuɑŋ^{33}ɤɑ^{31}，

楼下关牛马，

kɑɱ^{35}ɡuo^{41}vuɑ^{25}ʐɑn^{24}ɤɑ^{31}，

楼下存家畜，

jie^{25}sou^{51}luo^{31}tɕi^{35}ɱɑŋ^{35}，

牛马肥又壮，

jie^{25}bɑŋ^{22}luo^{31}kɑ^{31}ɱɑŋ^{24}，

家畜成群帮，

jie^{31}ȵɑi^{33}kɑɱ^{13}ɡo－ɱ^{13}niei^{41}，

邪恶不在栏，

jie^{31}‘ɑ^{33}ʥɑu^{24}ɡo－ɱ^{13}niei^{41}，

脏物不在圈，

jiɑ^{51} guo^{31} kɑ^{51} ɱɑ^{24} tie^{25},

地里五谷长,

kaɱi 35guo^{41} jiu^{51} ʤɑ^{24} kɑŋ^{33}。

栏下六畜旺。

vuɑ^{35} p‘ɑu^{41} tie^{25} ɱɑ^{35} bɑŋ^{33},

带一只公鸡,

ɤiei^{31} tsɑn^{53} tie^{25} duɱ^{51} bɑŋ^{22},

拿一把神条,

ti^{35} kɑŋ^{35} guo^{41} bɑn^{31} ɤɑ^{51},

查遍屋上下,

koŋ^{51} kɑŋ^{22} guo^{41} bɑn^{31} ɤɑ^{51},

查遍房四方,

ti^{35} jie^{33} tsɑu^{51} bɑn^{31} ɤɑ^{51},

八面屋角落,

p‘ɑ^{22} lɑi^{35} biɑŋ^{33} bɑn^{31} ɤɑ^{51},

四面高墙脚,

ŋɑ^{31} sou^{33} tie^{13} buo^{51} ben^{51},

有我精心一清扫,

ɤɑ^{31} ɤɑ^{51} p‘ɑ^{22} niei^{31} sɑ^{53}。

立位人平安。

ɤɑ^{31} ɤɑ^{51} p‘ɑ^{22} niei^{31} ɱei^{24},

立位人安康,

ɱi^{33} jiuo^{51} niei^{53} və^{25} ŋɑɱ^{33}。

夫妻情意长。

ɣɑ^{31} nɑi^{24} ɱɑ^{31} li^{35} t'ɑ^{41},

往后的日子，

ɣɑ^{31} ʤɑŋ^{24} ɱɑ^{31} li^{35} t'ɑ^{41},

往后的时辰，

ɑr^{35} lɑu^{33} nie^{25} buŋ^{41} sei^{22},

双胞胎神莫干扰①，

qɑ^{33} nɑ^{33} nie^{25} ɱu^{41} sei^{22},

难产恶鬼莫作祟，

que^{33} və^{33} nie^{25} ɱu^{41} sei^{22},

童死魂莫临门，

p'ə^{33} p'ɑ^{35} nie^{25} quɑi^{25} sei^{22}。

癫死灵莫插手。

ŋɑ^{31} sou^{33} ti^{24} tɑ^{33} ɱɑ^{22},

我道了言语，

ŋɑ^{31} sou^{33} que^{4} tɑ^{22} ɱɑ^{22},

我开了嗓门，

ŋɑ^{31} jie^{31} ȵɑi^{33} k'iɑi^{33} vɑi^{35},

我赶走恶邪，

ŋɑ^{31} niei^{31} ɣɑ^{31} gu^{24} bɑi^{25};

我清了居地；

sɑi^{33} ti^{35} soŋ^{33} xuŋ^{35} guo^{41},

木楼大三开，

sɑi^{33} t'i^{35} soŋ^{33} tɑŋ^{41} t'ɑ^{33},

木楼高三层，

---

① 双胞胎神莫干扰：彝族旧观念，妇女生双胞胎为不祥之兆，故有忌双胞胎之说。

soŋ^{33} xuŋ^{35} guo^{41} ben^{51} na^{24}，

三开已扫毕，

soŋ^{33} taɱ^{41} t‘a^{33} gu^{24} na^{35}。

三层已清净。

sa^{31} ɱi^{35} din^{41} sa^{31} p‘ou^{22}，

阿米有座位，

sa^{31} ɱi^{31} jie^{31} ŋui^{33} niei^{41}，

阿米有根基，

din^{31} a^{31} en^{35} dan^{24} niei^{31}？

座位在哪里？

jie^{31} ŋui^{33} en^{35} dan^{24} niei^{31}？

根基在何方？

din^{31} ɣa^{3} tɕi^{53} aɣ^{22} niei^{31}，

座位在男方，

jie^{31} ŋui^{33} ɣau^{25} na^{53} niei^{31}。

根基在夫妇。

ɱau^{35} t‘a^{33} ɱa^{13} ʐuɱ^{35} ɱen^{31}，

天上响雷声，

sa^{31} ɱi^{35} gau^{25} ɱa^{35} lou^{51}，

阿米心不惊，

ɱei^{31} t‘a^{33} lai^{51} vaŋ^{24} la^{31}，

地上闹风雨，

sa^{31} ɱi^{35} kiai^{35} ɱa^{35} ɣa^{35}，

阿米身不移，

kɑu^{35}buŋ^{41}sie^{51}buŋ^{31}buŋ^{31}sə^{31},

世世又代代,

biu^{31}kɑ^{22}din^{31}ɤɑ^{31}ɱiei^{24}。

高座在人间。

十、定位

[qɑ^{31} ɱi^{35} ɤɑ^{44} niei^{33}]

国际音标: ɑi^{33}——

意　　译: 唉!——

duo^{53}luo^{31}ŋɑ^{31}lɑŋ^{33}tie^{24},

多罗牙朗嗲,

ɤu^{33}luo^{31}ɤɑ^{33}sen^{35}bɑi^{24},

先头供新肉,

ɑɤ^{22}buo^{53}ɤɑ^{51}ɱiɑɱ^{33}sie^{51},

如今奉熟鸡,

ɤɑ^{51}ɱian^{33}ɤɑŋ^{35}ɤiei^{41}sie^{51},

熟鸡带鲜汤,

ɤɑ^{24}tie^{22}ʤuɱ^{35}pei^{22}bɑi^{25}。

供奉给老祖。

ʤuɱ^{35}ɱɑŋ^{35}ŋɑi^{53}lɑi^{22}kɑ^{35},

老祖品一品,

ʤuɱ^{35}ɱɑŋ^{35}tsɑɱ^{31}lɑi^{22}kɑ^{25},

老祖尝一尝,

ɤɑ^{53}ɤɑ^{22}oɱ^{35}ɱian^{33}ŋɑi^{51},

品尝炖熟鸡,

ɣɑ^{53} ɣiei^{31} tie^{25} quɑn^{35} dɑŋ^{41}。
喝口熬鸡汤。

vɑn^{51} kɑŋ^{22} ɱɑ^{31} ŋɑi^{33} qɑ^{33}，
不是大年节，
ou^{31} k‘ɑ^{22} ɱɑ^{31} ŋɑi^{33} qɑ^{33}，
不办婚事酒，
ɣɑ^{51} sɑi^{33} ʤuɱ^{35} ɱɑŋ^{35} bɑi^{24}，
杀鸡祭老祖，
tssu^{35} t‘ɑi^{35} ɣɑ^{41} sou^{33} ɱu^{41}？
为的哪一桩？
nɑ^{31} xɑɱ^{24} ʤuɱ^{35} ɱɑŋ^{35} pei^{22}，
堂上老祖先，
ɣu^{35} tu^{24} jie^{31} ɱɑŋ^{35} pei^{22}，
台前老前辈，
ŋɑ^{31} que^{31} lɑi^{22} nu^{31} kɑ^{35}，
听我来开言，
ŋɑ^{31} ɱen^{35} piɑŋ^{35} nu^{41} kɑ^{35}。
听我来开腔。

t‘i^{35} tsɑu^{33} ɱu^{41} t‘ɑi^{22} ɣɑ^{51}，
为的是主家，
sɑ^{31} ɱi^{35} din^{41} ɣɑ^{31} ɣɑ^{51}，
给阿米立位，
sɑ^{31} ɱi^{35} bɑi^{22} t‘i^{35} vuɑŋ^{41}，
给阿米入户，

sɑ^{31}ɱi^{35}tɕʻie^{41}ɤɑ^{53}bɑi^{22}。

给阿米扎根。

ʤuɱ^{35}ɱɑŋ^{35}ɱɑi^{35}ɱu^{41}tɑ^{22}，

老祖先开恩，

ʤuŋ^{35}pei^{22}quɑ^{35}ɱu^{41}tɑ^{22}，

前人保平安，

sɑ^{31}ɱi^{35}din^{41}ɤɑ^{31}niei^{31}，

阿米立了位，

sɑ^{31}ɱi^{35}jie^{35}tɕʻie^{41}tɑu^{33}。

阿米扎了根。

jiɑ^{51}guo^{33}din^{41}ɤɑ^{31}ɱu^{31}，

立位立百岁，

tɕʻiɑn^{22}guo^{33}tɕʻie^{31}tɑu^{33}tɑu^{33}tɑ^{33}，

扎根扎千载，

lɑŋ^{35}ɱu^{35}ej^{35}ɱoŋ^{51}niei^{31}，

上天有多长，

sɑ^{31}ɱi^{35}ej^{35}ɱoŋ^{51}niei^{31}，

阿米活多长，

ɱei^{31}ɤɑ^{31}ei^{35}ɱoŋ^{51}nie^{31}，

大地存多久，

sɑ^{3}ɱi^{35}ei^{33}ɱoŋ^{51}niei^{31}，

阿米活多久，

buɱ^{31}ɱoŋ^{31}sou^{33}tie^{22}niei^{31}，

像高山永生，

biɑ^{25}ɱoŋ^{51}sou^{33}tie^{22}niei^{31}。

像石崖永存。

buɱ^{31} ɱoŋ^{53} kɑ^{33} ɱɑ^{35} duo^{51}，

高山不出枝，

sɑ^{31} ɱi^{35} ɱeŋ^{41} kiɑn^{22} lɑ^{33}，

阿米要带喜①，

gɑ^{31} biuɑ^{25} que^{33} ɱɑ^{13} qɑ^{33}，

石崖不长子，

sɑ^{31} ɱi^{35} que^{33} jiou^{51} lɑ^{31}。

阿米要生养。

t'i^{35} que^{33} jiou^{51} lɑ^{31}，

累累好家财，

ji^{35} ɱɑŋ^{35} qɑ^{31} guɱ^{41} gɑɱ^{31}，

群群壮牛马，

sɑ^{31} ɱi^{35} biu^{31} gɑ^{22} niei^{31}，

阿米在世人，

ɱiɑn^{53} t'iei^{31} kɑu^{35} buŋ^{41} sə^{31}。

千古流名芳。

十一、送　祖　神

[ʤu^{35} ven^{35} suoŋ^{51}]

国际音标： lɑ^{31} ɱɑŋ^{35} tie^{31} ɱɑ^{13} sɑi^{33}，

意　　译： 劏杀一牲畜，

ɱi^{35} dɑu^{35} bɑŋ^{35} pɑi^{24} tɑ^{33}，

摆在火灶旁，

① 带喜：指妇女怀孕。

ʤuɱ^{35}bɑi^{24}ven^{35}bɑi^{24}tie^{22},

祭祖又祭神,

ŋɑ^{31}ɱen^{35}piɑŋ^{35}lɑi^{25}loŋ^{35}。

我又重开腔。

ɤu^{35}luo^{31}jie^{31}ɱiɑn^{33}bɑi^{25},

先头供生肴,

ɱei^{35}luo^{31}jie^{31}ɱiɑn^{33}bɑi^{25},

今生献熟料,

jie^{31}pɑ^{33}jie^{31}ɤiei^{41}tsuo^{33},

连肉带鲜汤,

ven^{35}ɱiɑ^{35}pei^{22}su^{31}tsɑɱ^{31}。

众神一路尝。

ʤiuɱ^{35}ɱɑŋ^{35}kɑu^{35}buŋ^{41}pei^{22},

百世老祖先,

nɑ^{35}ɱu^{35}jie^{31}ɱɑŋ^{35}pei^{22},

上古老前辈,

ŋɑ^{31}ɱen^{35}piɑŋ^{35}nu^{41}kɑ^{35},

听了我开腔,

pei^{22}su^{31}sɑ^{35}lɑi^{25}kɑ^{41}。

一齐来共享。

guo^{33}gɑi^{22}tie^{13}li^{35}pei^{22},

近年先行者,

dɑɱ^{35}li^{35}vei^{33}kɑɱ^{33}pei^{22},

逝去老兄长,

ŋa^{31} que^{31} ɱu^{31} bai^{22} ka^{33}，

听罢我开言，

lai^{25} die^{22} die^{31} quan^{35} ŋai^{51}。

前来尝一尝。

buɱ^{31} na^{53} sai^{33} kaŋ^{33} ven^{35}，

山中大树神，

bua^{25} na^{51} ŋuo^{53} ven^{24} pei^{25}，

悬崖大石神，

ŋa^{31} sou^{33} ɱu^{41} nu^{31} ɱiaŋ，

见了我开场，

pei^{22} su^{31} p‘au^{35} lai^{22}；

尽可来赏光；

ɱei^{31} ta^{33} ɱi^{35} ven^{35} pei^{22}，

地上风火神，

ɤiei^{31} guo^{31} ʥuŋ^{35} ven^{35} pei^{22}，

水中龙王神，

ŋa^{31} ɱen^{35} biaŋ^{35} nu^{41} ka^{35}，

听罢我声张，

bei^{22} su^{31} sa^{35} lai^{25} uo^{31}。

尽可来同享。

ɤa^{31} nai^{24} ɱa^{31} li^{35} t‘a^{41}，

往后的日子，

ɤa^{31} ʤaŋ^{24} ɱa^{13} li^{35} t‘a，

往后的时辰，

sa^{31} ɱi^{35} jiuɱ^{22} tie^{31} tie^{25}，

让阿米平静，

sa^{31} ɱi^{35} ɱeŋ^{31} niei^{31} sa^{51}。

让阿米安康。

sa^{35} ɱi^{35} diaŋ^{51} tie^{22} sə^{41},

阿米除去单身病,

ɱi^{35} ɱeŋ^{41} ŋai^{35} ʥie^{24} sə^{31},

阿米结束不育症,

ʥuɱ^{35} ven^{35} ts'au^{24} kaŋ^{33} niaɱ^{51},

祖神架高桥,

ɱi^{35} ti^{35} vuaŋ^{41} la^{31} ɤa^{35}。

妇人进得屋。

十二、寻 妇 魂

[ɱi^{35} la^{41} ɤa^{53}]

国际音标: jie^{24} la^{51} lai^{53} guo^{31} ɱiaŋ^{31},

意　　译: 风里见阴影,

jie^{24} tie^{41} ɤiei^{31} guo^{51} kar^{22},

雨里听音讯,

sa^{31} ɱi^{35} laʥuoŋ^{53} tie^{22},

阿米魂受惊,

luo^{31} la^{31} nuoŋ^{31} qaŋ^{53} niei^{31}。

流落在野外。

t'i^{35} tsao^{35} gan^{35} guoŋ^{41} li^{24},

家主上屋顶,

li^{35} ɤa^{41} loŋ^{24} na^{51} suo^{51},

观察好方向,

kɑ^{31}ts‘ɑŋ^{22}tsou^{33}ɱɑ^{24},
道路满荆棘，
suo^{33}li^{35}nɑ^{33}ɤɑ^{41}niei^{31}。
行程不便当。

ts‘ou^{33}tie^{25}kɑ^{41}qɑ^{31}li^{35},
荆棘路也上，
suo^{33}ɱɑ^{13}sɑ^{51}qɑ^{31}suo^{33},
不便当也行，
soŋ^{33}sə^{51}pu^{31}kɑ^{31}tɑ^{53},
三十里坡地，
ŋɑ^{35}sə^{51}pu^{31}lɑŋ^{33}kɑ^{25},
五十里弄场，
ɤei^{33}nɑi^{35}jie^{33}nɑi^{35}suo^{33},
兼程七八日，
ɱɑ^{33}lɑŋ^{35}kɑ^{41}soɱ^{51}ɤuo^{22}。
来到了“麻堂”。

ɱɑ^{31}lɑŋ^{35}kɑ^{41}soɱ^{51}tu^{24},
麻堂大路口，
jie^{31}biɑŋ^{33}pin^{41}ȵi^{24}loŋ^{35},
再测试方向，
buɱ^{31}ɱoŋ^{51}jie^{13}biɑŋ^{22}ɱu^{31},
方向在高山，
loŋ^{35}guo^{41}jie^{13}biɑŋ^{22}ɱe^{31},
方向在森林，

ȵɑu^{53} ŋun^{31} jie^{13} biɑŋ^{22} ɱu^{31}，

方向在草丛，

ɤiei^{31} lɑŋ^{24} jie^{13} biɑŋ^{22} ɱu^{31}。

方向小溪旁。

tɑ^{53} tie^{22} buɱ^{31} ʤuŋ^{31} li^{24}，

登上高山顶，

bɑu^{31} tie^{22} loŋ^{35} guo^{31} li^{24}，

进入密林间，

qɑ^{31} jiɑi^{35} buɱ^{41} ʤɑŋ^{31} luo^{53}，

走遍茅草坡，

ɤiei^{31} lɑŋ^{25} bɑŋ^{35} sɔ^{41} li^{24}。

越过小溪旁。

k‘iei^{31} ɤiei^{31} soŋ^{33} tɑu^{51} liɑn^{25}，

脚皮脱三层，

ŋɑi^{24} ts‘ɑu^{25} kɑu^{35} suɱ^{31} biei^{53}，

草鞋破八双，

jiɑ^{53} qɑŋ^{53} buɱ^{31} ʤuŋ^{31} t‘ɑ^{33}，

百岭高坡上，

loŋ^{31} biɑ^{22} tie^{25} loŋ^{41} dou^{51}。

遇着一村庄。

loŋ^{31} ou^{24} vuɑŋ^{35} tu^{35} niei^{41}，

村口有闸门，

tu^{35} ɤoŋ^{51} niei^{25} biɑŋ^{33} niei^{41}，

门卫把两边，

na^{35} ɱau^{35} lau^{41} ʤa^{24} niei^{31},

自古有规章，

vuaŋ^{35} sə^{41} buo^{25} piaŋ^{35} lai^{25},

入内先解囊，

nu^{31} pei^{31} tu^{35} piaŋ^{35} que,

你等叫开闸，

jie^{25} kian^{22} jie^{25} ʤaŋ^{24} niei^{41}?

可有垫斤两？

ɱa^{31} na^{25} tu^{35} oŋ^{51} lai^{22},

早早出家门，

ka^{31} və^{53} suo^{22} ɣa^{31} tai^{53},

只顾行千里，

buo^{25} guo^{31} jie^{25} qau^{25} tie^{25},

囊中空荡荡，

biu^{31} pei^{22} na^{33} ɣa^{41} duo^{51}。

众人苦相望。

ɣiei^{31} ʐaŋ^{24} gau^{31} buŋ^{31} ei^{31},

水自往下淌，

biu^{31} suo^{25} la^{31} t‘a^{33} li^{24},

人自朝上行，

jie^{35} ʤaŋ^{24} kian^{22} ɱa^{13} tsaŋ^{41},

没得垫斤两，

kuo^{25} tie^{22} liei^{25} ʤaŋ^{35} suo^{51}。

回头看礼品。

vua^{25} ou^{35} tie^{31} qaŋ^{51} ɱa^{22},

猪头有半只，

vuɑ^{25} sen^{33} tie^{31} qɑŋ^{51} tie^{22} ,

猪肝有半叶,

vuɑ^{25} ou^{35} tie^{22} vuɑ^{25} sen^{33} ,

猪头与猪肝,

vuɑŋ^{33} ɣoŋ^{51} p'ɑ^{22} niei^{51} pɑ^{51} 。

换得门卫心。

vuɑŋ^{35} ɣoŋ^{51} p'ɑ^{22} niei^{51} ɱei^{24} ,

门卫怀好意,

vuɑŋ^{35} tu^{35} piɑŋ^{35} bɑi^{25} lɑi^{25} ,

打开了闸门,

biu^{31} pei^{22} soŋ^{33} pin^{41} bɑi^{51} ,

众人拜三拜,

loŋ^{31} guo^{31} bou^{31} li^{24} ɣɑ^{35} 。

进入了村庄。

loŋ^{31} ou^{22} ɱi^{35} lɑ^{41} ɣɑ^{51} ,

村头寻妇魂,

loŋ^{31} dɑŋ^{31} ɱi^{35} niei^{51} ɣɑ^{51} ,

村尾找妇心,

ɣei^{33} nɑi^{35} jie^{33} nɑi^{35} ɣɑ^{51} ,

操劳七八日,

ɱi^{35} lɑ^{41} ɣɑ^{53} ɱɑ^{13} dou^{51} ,

不见阿米魂,

diuo^{31} diɑ^{31} gɑu^{35} kɑ^{35} li^{35} ,

悄悄去打听,

nie^{25} ȵai^{33} ɱa^{31} nie^{25} ɱu^{41}。

邪恶在作祟。

bə^{35} nie^{25} tie^{31} p'a^{35} ɱa^{22}，

一是单身鬼，

sa^{31} ɱi^{35} bai^{22} jie^{25} ta^{24} pa^{31}；

要阿米做伴；

ar^{35} lau^{33} nie^{25} buŋ^{41} lai^{22}，

二是双胎神，

sa^{31} ɱi^{35} que^{33} qa^{33} na^{33}；

要阿米难产；

loŋ^{35} tsaŋ^{35} jiai^{51} nie^{22} buŋ^{31}，

三是早死鬼，

ɱiŋ^{24} tau^{35} ɱi^{35} ɣa^{41} dau^{22}。

欲叫阿米命不长。

qa^{31} tsa^{51} ɱi^{35} na^{51} tau^{33}，

妇魂挨捆绑，

ȵa^{53} sie^{51} ɱi^{35} na^{51} ta^{22}，

妇魂被锁上，

ɣaɱ^{51} tiŋ^{22} ɱi^{35} na^{51} ta^{33}，

妇魂挨打钉，

ɣa^{53} jioŋ^{31} ɱi^{35} ʐan^{24} ta^{33}。

妇魂鸡笼装。

biu^{31} pei^{22} liei^{25} seŋ^{22} piaŋ^{35}，

众人开礼箱，

liei^{25} paŋ^{33} ʤuɱ^{35} gau^{41} bai^{24}，

送礼供祖上，

ʤuɱ^{35} pei^{22} ɱai^{33} ɱu^{41} bai^{22}，

祖上开天恩，

ɱin^{31} pʻa^{31} ɱen pʻiaŋ^{35} lai^{25}。

一夜开了腔。

ʤuɱ^{35} pei^{22} ɱen^{35} piaŋ^{35} na^{35}，

祖上开金腔，

biu^{31} pei^{22} ʐeŋ^{24} ga^{53} la^{31}。

众人力气壮。

ɱau^{35} paŋ^{33} qa^{31} tsa^{51} ban^{53}，

拔剑斩绳索，

ɤaɱ^{53} tou^{53} ɤaɱ^{53} ȵa^{53} dian^{22}，

重锤砸铁锁，

ŋa^{35} tsʻau^{51} qa^{53} tiŋ^{22} dan^{51}，

虎钳拔钉钉，

ɱia^{35} kaŋ^{33} ɤa^{53} jioŋ^{31} ban^{51}。

大刀破鸡笼。

ŋua^{53} ti^{53} ʣuŋ^{41} tʻa^{33} ɤa^{51}，

瓦屋顶上找，

pʻiei^{22} tsʻuoŋ^{31} ka^{33} guo^{41} ɤa^{51}，

木板缝里寻，

ti^{35} ɤei^{33} xoŋ^{35} jie^{33} xoŋ^{35}，

里外七八间，

t‘a^{33} buŋ^{41} gau^{31} buŋ^{31} t‘i^{35}，

上下多层楼，

sa^{31} mi^{35} niei^{51} guo^{53} ɤa^{24}，

拣回阿米心，

sa^{31} mi^{35} la^{41} ɤa^{51} dou^{5}。

找回阿米魂。

sa^{31} mi^{35} la^{41} meŋ^{31} pa^{31}，

阿米魂在身，

buŋ^{31} tam^{31} buŋ^{31} niei^{31} sa^{53}。

永世得安康。

十三、阿奴降生

[nu^{35} qa^{33} lai^{25}]

国际音标： sa^{31} mi^{35} la^{41} ɤa^{53} dou^{53}，

意　　译： 寻见阿米魂，

sa^{31} mi^{35} niei^{51} guo^{53} la^{31}，

拾回阿米心，

jia^{51} pu^{31} qaŋ^{53} t‘a^{33} sə^{41}，

越过百里坡，

tɕ‘ian^{22} pu^{31} ka^{31} t‘a^{33} sə^{41}。

超过千里路。

au^{31} p‘a^{22} men^{35} piaŋ^{35} lai^{25}，

岳父早开言，

sa^{35} p‘a^{22} men^{35} piaŋ^{35} lai^{25}，

岳母早开腔，

sa^{31} $ɱi^{35}$ $buŋ^{31}$ kui^{33} pai^{22}，

阿米嫁阿魁，

qa^{41} nu^{35} $ɱau^{35}$ gau^{41} qa^{33}。

阿奴迎运生。

qa^{31} nu^{35} kuit‘i^{35} $niei^{31}$，

魁门有阿奴，

qa^{31} nu^{35} $ɱeŋ^{41}$ $niei^{31}$ sa^{53}。

阿奴人安康。

kau^{35} $buŋ^{31}$ $ɱi^{35}$ $ɱa^{13}$ na^{35}，

世代传香火，

jie^{31} $ɱaŋ^{35}$ jie^{31} bia^{35} $faŋ^{25}$。

老少乐洋洋。

qa^{31} nu^{35} $ɱei^{31}$ t‘a，

阿奴落地生，

pa^{35} $ɱaŋ^{35}$ $ɣei^{53}$ $ɱen^{24}$ $piaŋ^{35}$，

父老开金嗓，

t‘$aŋ^{35}$ $ɱei^{35}$ lau^{35} li^{35} pin^{22}，

谆谆赠良言，

$ɱau^{35}$ ei^{35} $niei^{31}$ ei^{35} $ɱoŋ^{33}$。

随天日月长。

gua^{35} $tsai^{24}$ jia^{53} guo^{31} $jiou^{22}$，

地里种香瓜，

gua^{35} $xuɱ^{51}$ k‘$aɱ^{53}$ guo^{31} $jiou^{22}$，

园中有黄瓜，

qɑ^{31} nu^{35} jiɑ^{41} ɱiɑŋ^{31} t‘ɑ^{31}，

阿奴见了它，

tɑi^{33} ɣiei^{41} qɑ^{31} liuo^{41} sei^{25}。

莫把口水流。

buɱ^{31} nɑ^{53} ɣiei^{31} gɑ^{53} ɱɑ^{22}，

山里有生水，

qɑŋj^{53} t‘ɑ^{33} luoŋ^{35} jiɑŋ^{24} niei^{31}，

坡上有高粱①，

qɑ^{31} nu^{35} pei^{22} ɱiɑŋ^{31} t‘ɑ^{31}，

阿奴见这些，

loŋ^{33} nɑ^{53} duŋ^{41} ei^{31} sei^{25}。

莫往肚里装。

qɑ^{31} nu^{35} ɱɑu^{35} guo^{33} ɣɑ^{35}，

阿奴岁月长，

lɑ^{31} gɑ^{51} ben^{24} qui^{31} lɑ^{41}，

后生能思量，

ben^{24} tie^{22} t‘ɑ^{23} buŋ^{41} li^{24}，

意往高处使，

jie^{31} lɑu^{35} kɑ^{22} niei^{53} ben^{24}。

心往好处想。

ɣu^{35} buŋ^{41} t‘i^{35} dzɑ^{35} dzɑu^{24}，

前辈创家业，

ɣɑ^{31} buŋ^{31} t‘i^{35} bɑn^{41} ɱu^{31}，

晚辈重开张，

---

① 生水、高粱：喻粗糙食物。

qɑ^{31}nu^{35}t'i^{35}guŋ^{41}ʤɑŋ^{24}，

阿奴顶梁柱，

kɑu^{35}buŋ^{31}sə^{53}buŋ^{31}xiɑŋ^{31}。

世代常兴旺。

十四、诵　阿　扛

[kɑŋ^{31} ɣɑ^{31} que^{31}]

国际音标：ɤu^{35}ɱɑŋ^{35}kɑu^{35}sə^{51}buŋ^{31}，

意　　译：先辈几十代，

ʤuɱ^{35}pei^{22}kɑu^{35}jiɑ^{51}p'ɑ^{22}，

祖先几百个，

ŋɑ^{31}tie^{13}p'ɑ^{35}ȵiɑɱ^{33}bɑu^{41}，

我先唱一个，

que^{31}ɱɑ^{22}k'ɑŋ^{31}ɤɑ^{31}que^{31}。

诵的是阿扛。

ȵɑɱ^{33}ɱɑ^{22}k'ɑŋ^{31}ɤɑ^{31}ȵɑɱ^{33}，

请来了粮食，

ȵɑɱ^{33}ɱɑ^{22}k'ɑŋ^{31}ɤɑ^{31}ȵɑɱ^{33}。

唱的是阿扛。

qɑ^{31}kɑŋ^{41}jiɑ^{13}qɑ^{31}kɑŋ^{41}，

阿扛呀阿扛，

qɑ^{31}kɑŋ^{41}luɱ^{22}ɤɑ^{41}niei^{31}。

阿扛受冤枉。

lɑi^{35}lɑ^{33}ɱɑ^{13}lɑi^{35}nɑi^{35}，

四月的今天，

lɑi^{35}lɑ^{33}ɱɑ^{13}lɑi^{35}gɑɱ^{41}，

四月的今朝，

lɑ^{31}ɱeŋ^{24}kuŋ^{31}ʤɑi^{24}kɑu^{35}，

乡亲祈祷欢乐客，

biu^{31}bei^{22}vuɑ^{35}ʤɑi^{35}kɑu^{35}，

众人祭祀幸福神，

qɑ^{31}k‘ɑŋ^{41}ŋɑ^{31}ɱɑ^{13}dɑɱ^{35}，

我不忘阿扛，

qɑ^{31}k‘ɑŋ^{41}ŋɑ^{31}ɱɑ^{13}bie^{51}。

我不弃阿扛。

qɑ^{31}k‘ɑŋ^{41}tie^{31}p‘ɑ^{35}ʤuɱ^{35}，

阿扛本是个祖公，

jiuo^{53}niei^{31}nɑɱ^{53}niei^{31}ɱiɑ^{35}，

有儿有女聚满堂，

ɤu^{35}guo^{33}ɤu^{35}lɑ^{33}gɑi^{22}，

当初的岁月，

kɑ^{31}bɑu^{41}wu^{33}gɑi^{22}luo^{31}，

当初的时辰，

qɑ^{31}k‘ɑŋ^{41}gɑ^{51}gɑi^{22}，

阿扛尚年富，

ɱeŋ^{31}nɑ^{53}ɱɑ^{41}ʐeŋ^{24}ŋɑŋ^{53}，

全身力气壮，

juo^{53}ɑr^{22}piɑŋ^{35}lɑu^{35}ɑie^{51}，

男儿迎笑脸，

nɑɱ^{53}ɑr^{22}ɤiei^{31}bɑŋ^{53}pɑi^{22}。

女儿送热汤。

qɑ^{31} k‘ɑŋk‘uo^{33} sie^{51} luo^{53},

阿扛到六旬,

k‘uo^{33} sie^{51} kiɑi^{53} lɑ^{31},

六旬刚出头,

jiuo^{53} ɑr^{22} lɑ^{31} gɑ^{51} tie^{22},

男儿成后生,

nɑɱ^{53} ɑr^{22} sɑ^{31} ɱi^{35} tie^{22},

女儿成姑娘,

jiuo^{53} ɑr^{22} nɑɱ^{53} ɑr^{2} tie^{22},

后生与姑娘,

tu^{35} tie^{25} ŋuɑ^{25} tie^{22} tsɑɱ^{53},

同谋共商量,

pɑ^{35} sɑi^{33} dɑŋ^{35} tie^{35} que,

暗算亲生父,

pɑ^{35} ti^{24} gɑ^{31} luo^{31} k‘ɑ^{41}。

生父是阿扛。

jiɑ^{33} p‘ɑ^{22} ti^{24} luo^{31} k‘ɑŋ^{41},

可怜的阿扛,

ɤɑ^{33} t‘ie^{41} ɱiɑ^{35} kɑ^{33} nɑ^{51},

得知隔刀俎,

ɱiɑ^{35} t‘ie^{41} dɑ^{31} kɑ^{33} niei^{31},

刀俎在上下,

kun^{25} nɑ^{51} gɑn^{35} jiɑŋ^{22} ʤi^{35},

不如自寻亡,

wu^{33} nɑi^{24} ʤɑŋ^{35} sɑ^{35} sə^{41},

一日过晌午,

naŋ^{53} ar^{22} qaŋ^{53} na^{53} niei^{31}。

女儿在坡上。

qa^{31} kaŋ^{41} tsa^{51} quaŋ^{33} kiai^{53},

阿扛挂绳索,

di^{35} die^{22} saŋ^{22} liaŋ^{35} sie^{51},

吊在悬梁上,

ɱau^{35} ɱaŋ^{35} niei^{53} niei^{31} qa^{31},

天老爷有情,

ȵoŋ^{55} tsa^{51} niei^{53} ɱa^{13} tsaŋ^{31},

黄麻索无情,

biu^{31} pei^{22} kaŋ^{41} ɱia^{31} gai^{22},

众人见阿扛,

jiai^{53} ɱa^{24} qie^{53} ta^{22} na^{35}。

尸首已硬僵。

ɱei^{31} tsau^{33} qa^{31} luŋ^{41} pa^{22},

土地主阿龙,

ɱei^{31} ɱa^{24} qa^{31} jia^{41} pa^{22},

土地娘阿牙,

ɱiaŋ^{31} luŋ^{31} na^{53} lai^{22} tie^{22},

来到彝村庄,

qa^{31} k'aŋ^{41} ɱiaŋ^{31} lai^{22} ɱa^{22}。

见到了阿扛。

qa^{31} luŋ^{41} tie^{22} qa^{31} jia^{41},

阿龙和阿牙,

jiɑu^{33}tie^{22}tɑŋ^{35}que^{31}lɑi^{22}：

站着把话发：

nɑ^{25}ɱɑu^{35}biu^{41}que^{31}lɑi^{22}，

自古有人言，

biu^{31}sɑi^{33}kun^{25}sɑi^{22}dɑn^{35}，

杀人杀自己，

dɑn^{35}xɑi^{41}kun^{25}xɑi^{31}sou。

害人害自己。

nu^{31}pei^{22}qɑ^{31}sei^{33}niei^{41}？

你等可得知？

pɑ^{25}ɱɑŋ^{35}sɑi^{33}ti^{24}ɱɑ^{22}，

杀害亲生父，

ɱɑ^{31}ʐuɱ^{35}nu^{41}sei^{33}？

可晓雷公爷？

nɑi^{35}ɱɑ^{31}ʐuɱ^{35} – ɱ^{35}sei^{33}，

今日雷公不涉顾，

nɑi^{33}t‘ɑ^{41}ɱɑ^{31}ʐuɱ^{35}sei^{33}。

明日雷神看得清。

k‘ɑŋ^{41}wu^{33}nɑ^{31}sɑ^{35}ɤɑ^{35}，

你吃阿扛头，

k‘ɑŋ^{41}sɑi^{53}nɑ^{31}sɑ^{35}ɤ^{35}，

你吃阿扛身，

jie^{25}lɑ^{22}nɑ^{31}sɑ – ɱ^{35}ɤɑ^{35}？

可还吃他的手？

jie^{25}ki^{41}nɑ^{31}sɑ – ɱ^{35}ɤɑ^{35}？

可还吃他的脚？

ɱau^{35} gau^{31} ɱiaŋ^{35} ʤa^{35} ɱa^{22},

天下的事儿，

ɱei^{31} t'a^{33} jie^{31} lau^{51} ɱa^{22},

地上的规矩，

ɱau^{35} ven^{35} jie^{31} tsau^{33} ɱu^{41},

天神来做主，

ɱa^{31} ʐuŋ^{35} tsaŋ^{22} kuan^{33} lai^{25}。

雷神来掌管。

ɣa^{31} nai^{24} ɱa^{13} li^{35} t'a^{41},

往后的日子，

ɣa^{31} ʤaŋ^{24} ɱa^{13} li^{35} t'a^{41},

往后的时辰，

ɱau^{35} ven^{35} bia^{53} sou – ɱ^{35} ti^{35},

莫怪天神无情，

ɱa^{31} ʐuŋ^{35} bin^{41} sou – ɱ^{35} tie^{35}。

莫说雷公翻脸。

na^{31} jiau^{31} ɱu^{31} ti^{24} ɱa^{22},

你做的事情，

ɱau^{35} ven^{35} pu^{31} tɕ'iŋ^{51} niei^{31},

天神有本账，

na^{31} xan^{35} ŋua^{25} li^{35} tie^{22},

你莫要躲闪，

la^{31} ɣa^{41} ŋaŋ^{53} ʤa^{24} ɱu^{31}。

暗地里逞强。

qa^{31}luŋ^{41}taŋ^{35}na^{31}tai^{53}，

记得阿龙话，

qa^{31}jia^{41}taŋ^{35}na^{31}tai^{53}，

记着阿牙语，

ɣa^{31}buŋ^{31}luŋ^{41}ɣa^{31}dau^{24}，

后世惦阿龙，

ɣa^{31}buŋ^{31}jia^{41}na^{53}kian^{35}。

后世崇阿牙。

nai^{35}luo^{41}kuŋ^{31}kau^{24}nai^{35}，

如今四月节，

kuŋ^{31}ɣam^{31}ŋam^{24}ʥie^{24}na^{51}，

顺着欢乐时，

ʥau^{33}ɱaŋ^{35}la^{41}ŋa^{31}sie^{53}，

我唱怀古歌，

k'aŋ^{31}ɣa^{31}ŋa^{31}bie^{53}lai^{22}。

我诵好阿扛。

ɱau^{35}t'a^{33}ɱau^{35}liei^{25}niei^{41}，

天上有天理，

ɱei^{31}t'a^{33}biu^{41}ka^{31}niei^{31}，

地上有人道，

ɱau^{35}liei^{25}biaŋ^{51}ɱa^{13}ɣa^{35}，

天理不可逆，

biu^{31}ka^{31}dam^{35}ɱa^{13}ɣa^{35}。

人道不可弃。

pɑ^{35} ɱɑ^{35} ɑr^{35} jiu^{51} kɑŋ^{22}，

父母养子女，

ɑr^{35} pei^{22} pɑ^{35} ɱɑ^{35} jiɑu^{51}，

子女孝父母，

qɑ^{31} k‘ɑŋ^{41} biu^{31} kɑ^{22} biɑŋ^{51}，

阿扛离人间，

ɱɑu^{35} ɱei^{41} tuo^{33} sou^{33} niei^{41}。

天地永长存。

ɱɑu^{35} ɱei^{41} ei^{13} duŋ^{35} ɱoŋ^{33}，

天地有多久，

biu^{31} niei^{53} ei^{35} duŋ^{35} ɱoŋ^{51}，

人情有多长，

ɱɑu^{35} ɱei^{41} tuo^{33} ɱɑ^{13} biɑ^{51}，

天地永不灭，

biu^{31} niei^{55} buŋ^{31} buŋ^{31} sɑu^{22}。

人情世世传。

十五、金 竹 颂

[ɱi^{31} ɤuŋ^{35} bie^{51}]

（一）竹尾通天底

国际音标：ɱi^{31} ɤuŋ^{35} que^{41} lɑ^{31} que^{31}，

意　　译：说一说金竹，

ɱi^{35} ɤuŋ^{35} sie^{51} lɑ^{31} sie^{51}，

唱一唱金竹，

tie^{31} guo^{33} ɱau^{35} baŋ^{51} ʤaŋ^{24},

那年仲夏时，

ɱi^{31} ɤuŋ^{35} ɱei^{41} t'ɑ^{33} duo^{51},

金竹破地生，

tie^{31} nɑi^{35} tie^{31} buŋ^{35} lɑ^{41},

一日长一节，

sie^{53} nɑi^{24} soŋ^{33} tsɑŋ^{51} lɑ^{31},

十日三丈高，

ɱi^{31} ɤuŋ^{35} ȵuo^{51} nu^{24} ɱɑ^{22},

细细金竹梢，

ɱau^{35} tɑŋ^{41} tuŋ^{31} li^{24} ɤɑ^{24}。

捅进了天界。

ɱau^{35} ɱi^{35} tie^{31} p'ɑ^{35} ɱɑ^{22},

天上一仙女，

ɱi^{31} ɤuŋ^{35} ɱɑ^{35} bɑn^{51} lɑi^{22},

砍下金竹竿，

k'ə^{31} tie^{25} jie^{25} luŋ^{22} ɱu^{31},

锯成一段段，

bie^{31} tie^{22} jie^{31} ven^{35} bɑi^{22}。

分发给众客。

qɑ^{31} ɱiuo^{25} nɑ^{24} bɑi^{22} bɑu^{31},

最先给猴子，

qɑ^{31} ɱiuo^{25} jie^{13} bɑŋ^{22} tie^{25},

猴子一帮帮，

jie^{31} ɱɑ^{35} ti^{24} luo^{31} ɱiɑ^{35},

个数是不少，

buo^{31} kuɑ^{22} biɑŋ^{31} ɱɑ^{13} vuɑn^{4}。

可是没衣穿。

ɱiuo^{25} ɱeŋ^{41} ʤɑŋ^{33} lɑ^{31} ʤɑŋ^{33}，

猴子光身子，

ɱiuo^{25} tɑŋ^{51} qoŋ^{53} lɑ^{31} qoŋ^{53}，

猴子光屁股，

ven^{35} ɱɑ^{13} kɑŋ^{33} ɱu^{41} li^{24}，

不敢去做客，

ɱɑ^{31} jiu^{41} ɱiɑŋ^{34} ɱɑ^{13} jiu^{41}。

谢绝受礼物。

ɱɑu^{35} ɱi^{35} den^{24} ȵi^{35} luŋ^{35}，

天女重思量，

ɱɑ^{31} luŋ^{22} bɑŋ^{33} kuo^{25} lɑ^{41}，

把竹节收上，

fɑn^{53} tie^{22} bɑ^{33} du^{41} bɑi^{22}，

分发给青蛙，

bɑ^{35} du^{41} ʐɑu^{24} ven^{35} ɱu^{41}。

邀青蛙做客。

bɑ^{33} du^{41} jie^{25} dɑn^{35} tie^{25}，

青蛙一群群，

bɑ^{33} du^{41} jie^{25} bɑŋ^{22} tie^{25}，

青蛙一帮帮，

buo^{31} kuɑ^{22} ɱeŋ^{31} loŋ^{53} tie^{22}，

只缘光着身，

ven^{35} ɱa^{13} kaɱ^{33} ɱu^{41} li^{24}。

不敢去做客。

ɱau^{35} ɱi^{35} p‘in^{41} ben^{24} lu^{35}，

天女再思量，

ɱa^{31} luɱ^{22} baŋ^{33} kuo^{25} la^{41}，

把竹节收上，

fan^{53} tie^{22} bau^{31} diu^{35} bai^{22}，

分发给蝴蝶，

bau^{31} diu^{35} ʐau^{24} ven^{35} ɱu^{41}。

请蝴蝶做客。

da^{31} saɱ^{22} kau^{35} ȵau^{51} sen^{24}，

三月百草发，

da^{31} sei^{53} bau^{31} diu^{35} baŋ^{35}，

四月蝴蝶飞，

buɱ^{31} tie^{22} buɱ^{31} ʤuŋ^{31} ɣuo^{22}，

山脚到山头，

bau^{31} diu^{35} baŋ^{35} luo^{51} ŋun^{31}。

遍地蝴蝶群。

bau^{31} diu^{35} xau^{51} na^{53} saŋ^{24}，

蝴蝶有黑扇，

xau^{53} na^{53} ɱau^{35} ɣiei^{41} lai^{22}，

黑扇遇雨天，

bau^{31} diu^{35} xau^{51} tsuo^{22} niei^{31}，

蝴蝶有白扇，

xau^{53} tsuo^{22} ɱa^{13} biei^{41} duo^{53}，

白扇迎太阳，

ɱɑu^{31}diu^{33}xɑu^{51}biɑ^{22}niei^{31},

蝴蝶有花扇,

xɑu^{53}biɑ^{22}ɱei^{35}t‘ie^{41}kɑ^{24}。

花扇带佳音。

ɱɑu^{31}diu^{35}xɑu^{51}ɣei^{53}ɱiei^{31},

蝴蝶有黄扇,

xɑu^{53}ɣei^{53}tɑŋ^{35}tɕin^{41}kɑ^{24}。

黄扇报真情。

ɱɑu^{31}diu^{35}ɱɑu^{35}ven^{35}ɱu^{41},

蝴蝶上天作天客,

ɱɑu^{31}diu^{35}biu^{31}ven^{24}ɱu^{31},

蝴蝶下凡作人客,

ɱɑu^{35}li^{24}ɱɑu^{35}lɑu^{51}ei^{22},

上天守天规,

biu^{31}lɑi^{22}biu^{31}liei^{22}ei^{22},

下凡守凡礼,

kiei^{31}lɑ^{22}ɱu^{31}luo^{31}diɑŋ^{31},

手脚不玷污,

ɱeŋ^{31}nɑ^{53}ɱei^{31}ben－ɱ^{13}tsɑŋ^{41}。

身子不沾尘。

ti^{35}pu^{35}ɣɑ^{51}ɱɑ^{13}dou^{51},

家私被失散,

sen^{31}dɑn^{35}bɑi^{22}gɑu^{35}kɑu^{51},

铜鼓被偷走,

tsɑu^{35} t‘ɑi^{35} wu^{31} sou^{33} tie^{22}？

为的是哪门？

tsɑu^{35} ʤɑ^{24} wu^{31} sou^{33} tie^{22}？

为的是哪样？

ɱɑu^{31} diu^{35} ɱɑu^{35} nɑ^{51} niei^{13}，

蝴蝶在天上，

biu^{31} nɑ^{53} ɱen^{35} p‘iɑŋ^{35} lɑi^{25}：

对着人开腔：

və^{53} tu^{24} buo^{31} siɑi^{33} nɑ^{51}，

莫要问远方，

ɤiei^{31} ou^{22} buo^{31} siɑi^{33} ɤɑ^{51}，

不需找水源，

nie^{41} tu^{24} ŋɑ^{53} lɑŋ^{22} nɑ^{53}，

请问那乌鸦，

jie^{31} ɤɑ^{41} nu^{31} t‘uo^{33} sei^{33}。

准能知情况。

biu^{31} pei^{22} ŋɑ^{53} lɑŋ^{22} nɑ^{53}，

众人问乌鸦，

ŋɑ^{53} lɑŋ^{22} kɑ^{33} kɑ^{33} giɑŋ^{25}，

乌鸦叫嘎嘎，

ŋɑi^{35} t‘ie^{31} sou－ɱ^{13} kɑ^{35}，

声音不平常，

ŋɑi^{35} ʤɑŋ^{35} t‘ie^{31} sou－ɱ^{13} kɑ^{35}，

声音不一般，

ŋɑ^{53} lɑŋ^{22} p‘in^{41} nɑ^{53} luŋ^{24}，

再问一声乌鸦，

ɱɑu^{31} diu^{35} p'in^{41} nɑ^{53} luŋ^{24},

再问一声蝴蝶,

ɱu^{41} ɤɑ^{53} t'ie^{31} sou^{33} duo^{51}?

为何这般言语?

ɱu^{41} ɤɑ^{53} tɑŋ^{35} sou^{33} que^{41}?

为何这般发话?

ŋɑ^{53} lɑŋ^{22} biu^{31} tɑŋ^{24} que^{31},

乌鸦说人话,

ŋɑ^{53} lɑŋ^{22} tɑŋ^{35} sɑi^{51} sie^{51}:

乌鸦道真情:

ŋɑ^{31} gun^{25} giɑŋ^{25} sou – ɱ^{31} ŋɑi^{33},

不是我自己叫,

ŋɑ^{31} gun^{25} ɱen^{35} ɱɑ^{13} biɑŋ^{35},

不是我自己开腔,

ŋɑ^{31} bɑi^{22} que^{31} p'ɑ^{22} niei^{31},

有人托我开腔,

ŋɑ^{31} bɑi^{22} dɑɱ^{31} p'ɑ^{22} niei^{31}。

有人托我开言。

kɑ^{31} və^{53} gɑu^{35} ɱɑ^{13} ŋɑi^{33},

不是远方贼,

kɑ^{31} və^{53} gi^{35} ɱɑ^{13} ŋɑi^{33},

不是别部盗,

biu^{31} kɑ^{22} gun^{25} gɑu^{25} niei^{41},

人间自有家贼,

ɱau^{35} t‘a^{33} gun^{25} gi^{35} niei^{41}。

天上自有内盗。

pa^{35} øaŋ^{41} vei^{33} ȵiei^{22} ga^{35}，

兄弟叔伯间，

gau^{35} ɱu^{41} gu^{35} na^{33} ʥi^{35}。

行盗更难防。

nuŋ^{31} qaŋ^{53} gau^{35} ɱiaŋ^{41} sa^{51}，

外贼易暴露，

t‘i^{35} guo^{41} gau^{35} gu^{35} na^{33}。

内贼实难防。

gu^{35} na^{33} qa^{31} t‘uo^{33} gu^{35}，

难防也要防，

jie^{31} ȵai^{33} kiai^{33} vai^{35} uo^{31}。

先把邪恶赶。

la^{31} tsaŋ^{35} sei^{53} ʥin^{24} ɱu^{31}，

召树做木矛，

la^{31} ɣei^{25} sei^{53} ɱia^{24} ɱu^{31}，

蕊树做木刀，

ɱa^{31} ʐei^{25} sei^{51} p‘au^{31} ɱu^{31}，

爆花木做枪，

gai^{35} jin^{41} t‘i^{35} kuŋ^{41} jiu^{22}。

木柱立中房。

tsaŋ^{35} t‘ai^{35} ɣa^{51} sou^{33} jiu^{22}？

这是为哪门？

tsɑŋ^{35} ʤɑ^{24} ɣɑ^{53} sou^{33} jiu^{22}？

这是为哪样？

t‘i^{35} gɑu^{35} ɣoŋ^{51} t‘ɑi^{22} ɣɑ^{53}，

为的是防内贼，

t‘i^{35} len^{41} ɣoŋ^{53} t‘ɑi^{22} ɣɑ^{53}。

为的是防家乱。

t‘i^{35} gɑu^{35} ɣoŋ^{53} ɣɑ^{24} ɱɑ^{22}，

内贼防得住，

t‘i^{35} len^{41} suo^{53} lɑ^{31} biɑ^{35}，

家乱看得清，

ɣɑ^{31} nɑi^{24} ɱɑ^{31} li^{35} t‘ɑ^{41}，

今后的日子，

ɣɑ^{31} ʤɑŋ^{24} ɱɑ^{31} li^{35} t‘ɑ^{41}，

今后的时辰，

t‘ɑ^{33} buŋ^{41} gɑu^{31} buŋ^{31} sɑr^{53}，

上下得安宁，

lɑ^{31} vei^{35} lɑ^{31} biɑŋ^{51} sɑr^{53}。

左右得安康。

（二）竹叶驱邪恶

ɱi^{31} ɣuŋ^{35} ɱɑu^{35} tuŋ^{41} li^{24}，

金竹通了天，

ɱi^{31} ɣuŋ^{35} jie^{31} ȵɑi^{33} k‘iɑi^{33}。

竹叶驱邪恶。

jie^{31} ȵɑ^{33} kiɑi^{33} nɑi^{35} ȵi^{35}，

驱邪选日子，

jie^{31} ȵai^{33} k‘iai^{33} qui^{33} ɣa^{51}，

驱邪选高手，

jie^{31} ȵai^{33} ɱiaŋ^{41} t‘uo^{33} k‘iai^{33}，

见邪恶就赶，

jie^{31} ȵai^{33} k‘iai^{33} qun^{41} vai^{24}。

赶邪要赶清。

guŋ^{31} ɣa^{31} ɱu^{31} tie^{22} nai^{35}，

欢乐的日子，

vua^{35} ɣa^{41} ɱu^{31} tie^{22} ʤaŋ^{35}，

在欢乐时辰，

ȵai^{33} bai^{22} quai^{25} la^{41} sei^{25}，

不许邪恶来干扰，

ȵai^{33} bai^{22} len^{31} gai^{35} sei^{25}。

不许邪恶来作乱。

ga^{31} t‘uŋ^{22} luŋ^{24} na^{51} t‘uŋ^{22}，

舂米要舂好，

ga^{31} bia^{31} luŋ^{24} na^{51} bia^{31}，

簸米要簸净，

lai^{35} tu^{35} gan^{35} tsaŋ^{51} ɱa^{22}，

四方八面屋角，

bei^{22} su^{31} ɣaŋ^{53} lai^{24} ben^{53}。

全部扫干净。

sə^{31} na^{24} ɱiaŋ^{35} que－ɱ^{13} qun^{41}，

过去的事儿说不尽，

sə^{31} na^{24} ɱiaŋ^{35} que - ɱ^{13} ʐaŋ^{33}，

过去的事儿道不清，

nai^{35} ɱiaŋ^{35} nai^{35} que^{41} ʐaŋ^{33}，

今天的事儿要说清，

nai^{35} ɱiaŋ^{35} nai^{35} quequn^{31}，

今天的事儿要道尽，

gau^{35} ka^{22} que^{31} ɱa^{13} ʐaŋ^{33}，

被窃的事儿说不清，

niei^{53} ȵaŋ^{31} ŋau^{31} biai - ɱ^{13} lai^{25}，

伤心的时候哭不干眼泪，

kuŋ^{31} ɤa^{3} que^{31} tɕ'iŋ^{31} tsu^{33}，

欢快的事儿要讲清，

ɤua^{35} ɾa^{41} nai^{24} luo^{31} tai^{51}。

愉快的日子要记清。

（三）竹竿御强敌

国际音标： ga^{33} ɱei^{35} ɱa^{22} paŋ^{33} lai^{25}，

意　　译： 带上这美酒，

mi^{31} ɤuŋ^{35} daŋ^{35} baŋ^{35} lai^{22}，

来到金竹旁，

tsau^{33} t'ai^{35} ɤa^{41} sou^{33} lai^{22}？

为的是哪样？

tsau^{35} ʤa^{24} ɤa^{53} sou^{33} lai^{22}？

为的是哪桩？

lai^{35}la^{33}ɱa^{13}lai^{35}nai^{35}，

四月的今天，

lai^{35}la^{33}ɱa^{13}lai^{35}gaɱ^{41}，

四月的今朝，

ɱa^{31}kuŋ^{35}ga^{33}tiei^{51}ta^{22}，

麻弓酿美酒，

ɱa^{31}knŋ^{35}tɕi^{35}ɱaŋ^{35}sai^{33}，

麻弓宰牲畜，

la^{41}ɱuo^{22}ŋa^{31}din^{31}la^{31}，

腊摩我就位，

ɱen^{35}tie^{13}p‘iaŋ^{35}la^{41}luŋ^{24}。

重又来开腔。

ŋa^{31}ɣa^{35}ɱei^{35}tou^{33}la^{41}，

我捧上佳肴，

ŋa^{31}ga^{33}ɱei^{35}tou^{33}la^{41}，

我斟上美酒，

ɱi^{31}ɣuŋ^{35}la^{41}pai^{24}la^{31}，

祭祀金竹魂，

guŋ^{31}ɣa^{24}ven^{35}pai^{24}la^{31}。

祭祀欢乐神。

ɱi^{31}ɣuŋ^{35}la^{41}ɱai^{35}ɱu^{41}，

金竹魂保佑，

guŋ^{31}ɣa^{31}ven^{24}qua^{35}ɱu^{41}，

欢神客开恩，

ŋa^{31}la^{31}ga^{31}lou^{33}bai^{24}，

我来祭阿喽，

ŋɑ^{31} lɑ^{31} gɑ^{24} qu^{24} bɑi^{24}。

我来祭阿谷。

qɑ^{31} lou^{33} jiɑu^{35} pei^{22} ɱɑ^{22}，

阿喽的后裔，

qɑ^{41} qu^{24} lɑ^{35} pei^{22} ɱɑ^{22}，

阿谷的子孙，

kɑ^{31} bɑu^{41} niei^{31} ɤɑ^{31} biɑŋ^{53}，

远离了故地，

sen^{31} biei^{22} jiɑ^{51} pu^{31} suo^{22}。

背鼓①行千里。

kɑ^{33} tie^{22} ʤin^{35} bɑ^{25} pɑ^{41}，

携带着弓矛，

nɑi^{35} pei^{22} ɱɑ^{25} sie^{51} li^{24}，

与采贝②相争，

wu^{31} guo^{33} ɱɑu^{35} tie^{31} ɱɑi^{35}，

那年的一天，

ʤu^{35} bɑu^{35} jie^{25} lin^{24} p‘ɑ^{22}，

我祖九幺公，

lɑ^{31} gɑ^{51} tɑi^{31} ɱɑ^{25} sie^{51}，

带着男人去打仗，

dɑi^{35} ɱiɑ^{35} ʤu^{35} sɑŋ^{22} len^{53}，

异部人多我人少，

---

① 鼓：指铜鼓。

② 采贝：音译，即异族、异部落。

bɑu^{35} lin^{24} ɱɑ^{25} sie^{51} bie^{35}，
幺公吃败仗，
vei^{33} niei^{22} pʻɑ tu^{35} kɑ^{41}。
部下东逃又西散。

bɑu^{35} lin^{24} ɱi^{31} ɤuŋ^{35} ɱiɑŋ^{41}，
幺公见金竹，
ɱi^{31} ɤuŋ^{35} luŋ^{35} ɡuo^{41} ŋuɑ^{22}，
藏入金竹林，
dxi^{35} pei^{22} kɑ^{35} tsuŋ^{35} li^{35}，
异部射弓箭，
kɑ^{33} ʤin^{35} ɱɑ^{41} kʻɑŋ^{31} sɑŋ^{24}，
箭头中竹干，
tsɑn^{53} ʤɑn^{35} tiei^{33} lɑŋ^{22} ei^{31}，
纷纷滑落地，
sie^{53} lɑ^{31} ɤɑ^{31} ɱɑ^{13} tsɑŋ^{41}。
进攻全无效。
dɑi^{35} pei^{22} ɱi^{31} ɤuŋ^{35} bɑn^{51}，
异部砍金竹，
ɱi^{31} ɤuŋ^{35} bɑn^{51} qun^{31} dɑu^{22}，
欲砍光金竹，
dɑɱ^{31} tʻɑi^{22} bɑu^{35} lin^{24} ʤɑ^{51}。
再来捉幺公。

bɑi^{35} lin^{24} tsi^{22} ɱɑu^{31} ben^{24}，
幺公急中生了智，

ɱa^{31} p‘ia^{22} pi^{31} jiau^{53} la^{31}，

堆起堆堆干竹叶，

ɱi^{35} tie^{33} jia^{31} tɕ‘ei^{53} la^{31}，

一把大火放竹林，

Qaŋ^{53} ʨi^{13} tie^{31} biaŋ^{33} ɱa^{22}，

茫茫金竹一面坡，

ɱi^{35} ɣuŋ^{35} ɱi^{35} loŋ^{35} buo^{53}，

顿时一片呈火海，

p‘iŋ^{33} p‘iŋ^{33} baŋ^{33} baŋ^{33} ka^{24}，

噼噼啪啪震天响，

dai^{35} pei^{22} kian^{53} la^{31} tie^{22}，

异部兵马慌了神，

bau^{35} lin^{24} faɱ^{53} qui^{33} dau^{22}，

以为幺公施法术，

pa^{35} ku^{41} ɱa^{35} ku^{41} kau^{51}。

呼爹号娘逃了去。

ɱi^{35} ɣuŋ^{35} la^{41} ɱai^{24} ɱu^{31}，

金竹魂袒护，

ŋie^{31} ʤuŋ^{35} niei^{41} tie^{22} ɱa^{22}。

我祖得生存。

ɱai^{35} luo^{41} kuŋ^{31} ven^{24} kau^{35}，

今日祈祷乐神，

nai^{35} luo^{41} vua^{35} ven^{35} kau^{35}，

今日祈祷喜神，

sai^{33} ts‘aŋ^{35} jie^{31} ɣa^{41} ɱu^{31}，

苍木作标志，

ɱɑ^{31} ʐei^{25} jie^{31} xɑu^{51} ɱu^{31}，

爆花做记号，

ɡɑ^{33} kɑu^{35} siɑn^{33} kɑu^{35} tie^{41}，

九杯九碗酒，

ɤɑ^{33} kɑu^{35} liɱ^{41} kɑu^{35} ʤie^{25}，

九块九串肉，

pɑŋ^{33} tie^{22} kuŋ^{31} ven^{24} bɑi^{25}，

送给欢乐客，

pɑŋ^{33} tie^{22} vuɑ^{35} ven^{35} bɑi^{25}。

献给大喜神。

（四）竹根育武士

ɱi^{31} ɤuŋ^{35} tɑ^{24} ɱiɑ^{35}，

金竹故事多，

ŋɑ^{31} tie^{31} ɑr^{35} que^{41} luŋ^{24}。

我再说一个。

buŋ^{35} lin^{24} sə^{31} nɑ^{24} ɡɑi^{22}，

幺公归仙后，

ei^{35} buŋ^{41} sə^{31} ɱɑ^{13} sei^{33}，

不知过多久，

ɱiɑŋ^{31} lɑ^{31} ɡɑ^{51} tie^{22} p'ɑ^{35}，

一位彝家的后生，

tu^{35} ɱen^{35} tie^{24} doŋ^{51} jiou^{22}。

门前种下一丛竹。

la^{31}ga^{51}ɱa^{35}na^{51}t‘iaŋ^{22}：

后生叮嘱老阿妈：

jia^{51}nai^{24}ɱa^{35}na^{51}t‘iaŋ^{22}，

不足百日不动刀，

ʟa^{31}ɱeŋ^{24} sai^{31} taŋ^{22}qa^{31}，

无论官员或百姓，

sau^{33}viei^{41}ga^{31}ɱa^{13}ɤuŋ^{35}。

谁要说买也不卖。

la^{31}ga^{51}nuŋ^{31}oŋ^{53}ei^{31}，

后生出门去，

nuŋ^{31}oŋ^{53}ŋa^{35}na^{35}tie^{25}，

离家过五天，

tie^{31}nai^{35}ɱa^{35}tu^{35}ba^{25}，

有天阿妈在门口，

pa^{31}tu^{41}qau^{33}t‘ie^{41}ka^{24}，

忽听扁担打折声，

ɱa^{35}ban^{41}diu^{24}suo^{51}li^{24}，

阿妈眼望去，

piu^{33}paŋ^{22}luŋ^{31}ʤan^{31}ɤuo^{22}，

一队人马到村口，

sai^{31}kaŋ^{22}p‘a^{35}ʤau^{24}tiei^{33}。

一个大官跌下轿。

sai^{31}p‘a^{22}jie^{25}tɕan^{41}dan^{24}，

大官命侍从，

ɱi^{35} ɣuŋ^{35} p‘ə^{51} ʤɑu^{24} bɑ^{25}，

砍金竹作轿杠，

ɱɑ^{35} ti^{35} pɑi^{25} ɱɑ^{13} p‘iə^{51}，

阿妈苦阻拦，

jiɑ^{31} nɑi－ɱ^{25} luo^{51}－ɱ^{24} piə^{51}。

不足百日不能砍。

ɱɑ^{35} luo^{41} ɡue^{31} sou^{33} que^{41}，

阿妈说归说，

tɕiɑn^{31} p‘iə^{53} sou^{33} piə^{51}，

侍从砍归砍，

ɱɑ^{35} sɑ^{31} ɱɑ^{35} tie^{13} p‘ɑ^{35}，

阿妈一妇人，

en^{35} nɑ^{53} tuo^{53} ɣɑ^{24} ʤɑ^{35}。

岂敢去阻拦。

ɱi^{31} ɣuŋ^{35} piə^{51} lɑi^{22} ɡɑi^{22}，

金竹一砍下，

luo^{51} ɑr^{22} diei^{33} ɱei^{41} lɑi^{22}，

古怪白俑落下地，

sɑi^{31} ben^{24} ɱɑ^{31} jiou^{22} p‘ɑ^{22}，

大官推测种竹人，

fɑɱ^{53} kɑ^{22} biɑ^{35} sei^{33} ʤɑi^{25}，

多少懂得怪魔法，

jie^{31} tɕɑn^{41} pei^{22} kiɑn^{24} quei^{31}，

逐令其部下，

ɱi^{31} ɣuŋ^{35} bɑŋ^{41} p‘iə^{51} lɑi^{22}，

把金竹全砍，

ŋi^{31} ɣuŋ^{35} ŋa^{31} kaŋ^{31} ʤan^{51}，

把金竹破开，

wui 35guo^{41} ŋiaŋ^{35} ȵi^{35} ti^{24}。

说是要看竹内物。

sai^{31} p‘a^{22} ʤoŋ^{53} la^{31} ʤoŋ^{51}，

果然官员被吓昏，

ŋi^{31} ɣug^{35} ɣuo^{25} guo^{41} luo^{53}，

竹子肚里的怪俑，

ŋuŋ^{35} siei^{35} ŋa^{25} sie^{51} p‘a^{22}，

全是骑马的武士，

p‘a^{35} p‘a^{35} k‘a^{33} liaŋ^{22} tie^{25}，

武士披甲挎弓箭，

din^{35} paŋ^{33} ŋia^{35} tsuo^{33} liaŋ^{22}。

手持长矛和大刀。

sai^{31} p‘a^{22} wu^{35} luo^{51} tuo^{53}，

大官一身冒冷汗，

ŋa^{25} p‘a^{22} diu^{24} niŋ^{53} niei^{31}，

好在武士眼为开，

ŋen^{35} ŋuŋ^{22} kieii^{31} la^{22} – ŋ^{13} gia^{41}，

手脚不动口紧闭，

lia^{51} nai^{24} ŋa^{13} luo^{51} t‘ai^{35}。

就因未满一百天。

sai^{31} kaŋ^{24} taŋ^{35} que^{41} lai^{22}，

大官见状不容说，

biu^{31} ŋiaŋ^{31} bin^{31} ɣa^{31} que，

认定彝人要谋反，

ŋi^{31} ɣuŋ^{35} piŋ^{22} ar^{31} jou^{51}，

金竹孕育的兵马，

jia^{51} nai^{24} sə^{31} piŋ^{22} tɕin^{31}。

百日过后是真军。

sai^{31} kaŋ^{22} xuo^{31} dan^{53} lai^{22}，

大官大发怒，

ŋi^{31} ɣuŋ^{35} luŋ^{35} tɕʻiei^{51} la^{31}，

命人放火烧金竹，

en^{31} ŋi^{24} xuo^{24} la^{31} xuo^{24}，

熊熊的大火，

ŋi^{31} ɣuŋ^{35} luŋ^{35} loŋ^{51} lii 24，

烧了金竹丛，

lan^{35} li^{35} ŋi^{31} ɣuŋ^{35} luŋı 35，

好好金竹林，

ʤaŋ^{35} tie^{25} gui^{31} lau^{41} tie^{22}。

顷刻变灰烬。

ŋa^{35} pʻa^{22} ŋiei^{35} duŋ^{41} sei^{33}，

阿妈方明白，

ar^{35} kau^{35} tʻiaŋ^{35} sie^{51} tʻiaŋ^{22}，

儿子千万嘱，

jia^{51} ŋai^{24} －ŋ^{13} luo^{51} －ŋ^{13} ban^{51}，

不满百日不砍竹，

ar^{35} pʻa^{22} jie^{31} ŋau^{24} ŋu^{31}。

原是儿子的计谋。

ɑr^{35} guo^{25} t‘i^{35} nɑ^{53} lɑ^{31}，

儿子回到家，

ɱɑu^{35} ku^{41} tie^{22} ɱei^{31} ku^{31}，

呼天又号地，

ɱi^{35} ɤuŋ^{35} p‘ə^{51} vɑi^{24} que^{31}，

金竹被砍尽，

jie^{31} ɱɑ^{25} ben^{31} tie^{25} piɑ^{51}。

计谋全落空。

kuŋ^{35} buŋ^{41} sie^{53} buŋ^{31} sə^{31}，

多少个朝代，

ɱi^{31} ɤuŋ^{35} tɑŋ^{31} kɑ^{25} jiou^{22}，

金竹种在弓坪上，

tɑŋ^{31} kɑ^{25} ɱɑu^{35} pie^{51} ɤ^{31}，

跳弓场圣地，

guo^{33} guo^{33} bɑi^{24} p‘ɑ^{35} niei^{41}。

年年受朝拜。

ɤɑ^{31} nɑi^{24} ɱɑ^{31} li^{35} t‘ɑ^{41}，

今后的日子，

ɤɑ^{31} ʤɑŋ^{24} ɱɑ^{31} li^{35} t‘ɑ^{41}，

今后的时辰，

lɑ^{31} ɱeŋ^{24} jiɑɪ 53ɱiɑ^{24} ei^{31}，

百姓去开垦，

lɑ^{31} ɱeŋ^{24} jiɑu^{35} t‘ou^{51} ei^{31}，

百姓去下种，

ɱei^{31}luo^{31}ga^{53}ɱa^{24}la^{31},

土地长禾苗,

ga^{53}ɱa^{24}ɱia^{25}naɱ^{51}tie^{22},

禾苗结粮苞,

ɤiei^{31}lai^{22}tuɱ^{22}ɱa^{13}kian^{51},

下雨不怕涝,

ɱau^{35}bi^{41}daŋ^{53} －ɱ^{13}kia^{51},

天干不怕旱,

ga^{53}ɱa^{24}p‘ia^{35}ȵau^{51}la^{31},

禾苗叶儿青,

ɱia^{25}ɱa^{41}sen^{35}tie^{22}ɱaɱ^{53}。

颗粒生得壮。

ɱau^{35}na^{51}vua^{35}baŋ^{35}pei^{22},

天上的飞鸟,

ɱei^{31}t‘a^{33}vua^{53}ar^{22}pei^{22},

地上的鼠兽,

ɱen^{35}qa^{41}tɕie^{24}la^{31}sei^{25},

莫要来伸嘴,

kiei^{31}qa^{13}ʥau^{51}la^{31}sei^{25}。

莫要来践踏。

la^{31}lia^{41}niei^{31}guo^{33}t‘a^{41},

来年达腊寨,

la^{31}ɱian^{22}niei^{31}guo^{33}t‘a^{41},

来年腊民屯,

la^{31} ɱeŋ^{24} sa^{35} tsoŋ^{33} niei^{41}，

百姓不忧食，

la^{31} ɱeŋ^{24} vuan^{31} tsoŋ^{22} niei^{31}。

百姓不愁穿。

la^{31} lia^{41} ʤuŋ^{35} ɱaŋ^{35} pei^{22}，

达腊的祖先，

la^{31} lia^{41} ɣu^{35} buŋ^{41} pei^{22}，

达腊的先辈，

daŋ^{35} kaŋ^{33} guo^{41} niei^{31} li^{24}，

住在公棚①里，

ɱi^{31} ɣuŋ^{35} baŋ^{41} niei^{31} li^{24}。

住在金竹里。

na^{35} guo^{41} ga^{31} ɱa^{31} la^{31}，

田里稻谷灵，

jia^{53} guo^{31} ɱa^{31} tsau^{22} la^{31}，

地里苞谷魂，

qa^{31} t'uo^{33} daŋ^{35} guo^{41} la^{31}，

也到公棚里，

qa^{31} t'uo^{33} ɱi^{31} ɣuŋ^{35} luŋ^{35} la^{31}，

也到竹林间。

ɱi^{31} ɣuŋ^{35} sə^{41} p'ian^{22} lai^{25}，

竹魂显竹威，

la^{31} ɱeŋ^{24} jie^{31} tɕ'ian^{22} ʐan^{25}，

百姓千百户，

---

① 公棚：俗称祖公棚，即寨神庙、族祭庙。2002 年以后改称“竹技宫”。

la^{31} ɱeŋ^{24} jie^{31} tɕian^{22} p'a^{35}，

百姓千百人，

ʐan^{24} ʐan^{24} t'i^{35} ɱiaŋ^{35} fan^{51}，

户户家业旺，

biu^{31} pei^{22} su^{31} niei^{31} ʐaŋ^{33}。

人人同安康。

十六、吟　公　棚

[daŋ^{35} guo^{41} pie^{53}]

国际音标： ai^{33}——

意　　译： 哎——

duo^{53} luo^{33} ŋa^{31} laŋ^{33} die^{22}，

多罗牙朗嗲，

nai^{35} luo^{41} ɱa^{31} kuŋ^{35} vei^{33}，

今日大麻弓，

vua^{25} p'au^{41} tie^{31} ɱa^{35} sai^{33}，

宰杀一头猪，

vua^{25} sai^{51} ei^{35} ɱa^{13} kaŋ^{35}，

猪身不算大，

jiau^{33} la^{41} jie^{31} kaŋ^{41} ɱoŋ^{51}；

站起个头高；

vua^{25} quaŋ^{33} ei^{35} ɱa^{13} kaŋ^{33}，

猪脖不算粗，

ɱia^{35} lioŋ^{22} t'uŋ^{31} sai^{33} lai^{25}；

捅刀出猪血；

vuɑ^{25} ɱiei^{33} ei^{35} ɱɑ^{13} ɱuɱ^{51}，

猪毛不算长，

tɕʻie^{51} lɑi^{22} xuɱ^{24} lɑ^{31} xuɱ^{24}；

烧来有香味；

vuɑ^{25} ɤɑ^{33} ei^{33} ɱɑ^{13} tʻu^{41}，

猪肉不算厚，

tsɑɪ 33lɑi^{25} ɤɑŋ^{35} gɑi^{41} tie^{22}。

煮来成佳肴。

ɤɑ^{35} gɑi^{41} ʤuɱ^{35} pei^{22} bɑi^{25}，

佳肴供祖先，

ɤɑ^{35} gɑi^{41} ʤuɱ^{35} lɑ^{41} bɑi^{22}，

佳肴祭祖灵，

ɤɑ^{31} nɑi^{24} ɱɑ^{31} li^{35} tʻɑ^{31}，

往后的日子，

ɤɑ^{31} ʤɑŋ^{24} ɱɑ^{31} ti^{35} tʻɑ^{41}，

往后的时辰，

lɑ^{31} ɱeŋ^{24} niei^{31} ɤɑ^{31} sɑ^{51}，

百姓得安宁，

dɑŋ^{35} guo^{41} pʻiei^{22} vɑŋ^{33} tɑ^{33}，

公棚镶木板，

pʻiei^{22} guo^{41} ʤuɱ^{35} lɑ^{41} niei^{31}，

木板藏祖灵，

ə^{31} len^{31} pʻiei^{22} pʻiɑ^{51} sei^{25}，

木板莫乱拆，

ə^{31} len^{31} pʻiei^{22} ɕin^{33} sei^{25}。

木板莫乱移。

qɑ^{31} p'iei^{22} tɕ'i^{35} lɑi^{25} t'ɑ^{41}，

若是板发霉，

nɑi^{35} ȵi^{35} tie^{22} pɑ^{53} vɑi^{24}；

择日来更换；

gɑ^{31} p'iei^{22} ɱɑu^{35} ɱi^{22} sɑ^{35}，

若是板生虫，

nɑi^{35} ȵi^{35} tie^{22} jiu^{31} biɑŋ^{24}。

择日来处理。

guo^{33} guo^{33} qɑ^{31} dɑŋ^{35} gu^{35}，

年年清公棚，

lɑ^{22} lɑ^{22} qɑ^{31} dɑŋ^{35} ɣoŋ^{51}，

月月护公棚，

gɑ^{31} dɑŋ^{33} ɣɑŋ^{53} lɑ^{31} ɣɑŋ^{51}，

公棚清又净，

ʤuɱ^{35} pei^{22} niei^{31} ɣɑ^{31} sɑ^{53}。

祖先得安宁。

十七、唱 祖 先

[ʤuɱ^{35} ɱɑŋ^{35} npie^{51}]

（一）连代高歌

国际音标： lɑi^{35} lɑ^{33} ɱɑ^{13} lɑi^{35} nɑi^{35}，

意　　译： 四月的今天，

lɑi^{35} lɑ^{33} ɱɑ^{13} lɑi^{35} gɑɱ^{41}，

四月的今朝，

ŋa^{31} lai^{25} ʥuɱ^{35} ɤa^{41} sie^{51}，

我来唱祖先，

ŋa^{31} lai^{25} ɤu^{35} buŋ^{41} pie^{51}。

我来诵前人。

biu^{31} k‘a^{22} ɤu^{35} na^{25} ʥuɱ^{35}，

人类的始祖，

qa^{31} lou^{33} ka^{31} bau^{41} p‘a^{22}，

阿喽排最前，

lou^{33} sə^{41} laŋ^{33} ɱa^{51} ɤuo^{22}，

阿喽到阿朗，

laŋ^{33} sə^{41} vua^{33} na^{51} ɤuo^{22}，

阿朗到阿哇，

vua^{33} sə^{41} gu^{24} na^{51} ɤuo^{22}，

阿哇到阿谷，

qa^{41} gu^{24} ɱiaŋ^{31} pei^{22} ʥuɱ^{35}。

阿谷是彝祖。

ʥu^{35} ɱiaŋ^{41} ɱau^{35} tie^{22} ɱei^{41}，

彝家的天地，

t‘uo^{33} jia^{41} na^{25} kiai^{24} lai^{25}，

是他先开辟，

ʥui 35ɱiaŋ^{41} lau^{53} ka^{22} ɱa^{22}，

彝家的规矩，

t‘uo^{33} jia^{41} na^{25} ʥau^{24} ta^{33}。

是他先创立。

qɑ^{31} gu^{24} ɣɑ^{31} qɑ^{31} ɱɑu^{35}，

阿谷到阿毛，

qɑ^{31} ɱɑu^{35} ɣɑ^{31} qɑ^{31} ʐei^{25}，

阿毛到阿蕊，

qɑ^{31} ʐei^{25} ɣɑ^{31} qɑ^{31} lie^{41}，

阿蕊到阿列，

qɑ^{31} lie^{41} ɣɑ^{31} qɑ^{31} ts‘ɑŋ^{35}，

阿列到阿常，

qɑ^{31} ts‘ɑŋ^{35} ɣɑ^{41} qɑ^{31} tɕin^{33}，

阿常到阿津，

qɑ^{31} tɕ^{35} ɣɑ^{31} qɑ^{31} tu^{24}，

阿津到阿读，

qɑ^{31} tu^{24} ɣɑ^{31} qɑ^{13} ɱɑ^{41}，

阿读到阿麻，

qɑ^{31} ɱɑ^{41} ɣɑ^{31} qɑ^{31} beŋ^{33}，

阿麻到阿崩，

qɑ^{31} beŋ^{33} ɣɑ^{41} qɑ^{31} wu^{33}……

阿崩到阿武……

ʤuɱ^{35} ɱɑŋ^{35} kɑu^{35} sie^{51} buŋ^{31}，

祖辈几十代，

buŋ^{31} buŋ^{31} ɱiɑŋ^{31} ɣɑ^{31} que^{31}。

代代唱族谱。

（二）唱响百家氏

vei^{33} ȵiei^{22} sɑi^{53} tie^{13} buŋ^{41}，

一代胞兄弟，

vei^{33} kaŋ^{33} ɱen^{35} p‘ia^{35} pau^{41},

长兄先开腔,

vei^{33} kaŋ^{33} sə^{41} na^{24} gai^{22},

长兄离人间,

ȵiei^{22} p‘a^{22} ʤaɱ^{53} bie^{53} li^{24}。

胞弟来接唱。

ɣu^{35} na^{25} kaŋ^{33} luŋ^{41} bie^{53},

先头唱刚寨,

kaŋ^{33} luŋ^{31} ɱa^{13} ʤi^{35} bie^{53};

刚寨红彝唱;

ɣa^{31} lai^{22} ɱiaŋ^{31} luŋ^{31},

后来唱芒寨,

ɱiaŋ^{31} luŋ^{31} ɱiaŋ^{31} tsuo^{22} bie^{53}。

芒寨白彝唱。

ɱiaŋ^{31} tsuo^{22} sau^{33} na^{25} pie^{51}?

白彝谁先唱?

ɱa^{41} guo^{22} ɱen^{35} piaŋ^{35} bau^{41}。

姓科先开腔。

ɱa^{41} guo^{22} la^{31} ou^{22} pau^{31},

科氏唱头歌,

ɱa^{31} guo^{22} bie^{53} ou^{22} bau^{31}。

科家诵头词。

ɱa^{31} guo^{22} bie^{53} qun^{31} na^{24},

科家唱完了,

tu^{13} lai^{35} p‘a^{22} pa^{31} pie^{53}。

黎氏接着唱。

tu^{13}lai^{35}pʻa^{22}pie^{53}na^{24},

黎氏唱过后,

ɱa^{31}ʐeŋ^{24}pʻa^{22}pa^{31}pie^{51}。

姓梁接着唱。

ɱa^{31}ʐeŋ^{24}pie^{53}na^{24}tau^{22},

梁姓唱过了,

la^{31}vuaŋ^{24}pʻa^{22}pa^{31}pie^{51}。

王家接着唱。

la^{31}vuaŋ^{24}pie^{53}na^{24}tau^{22},

王家唱完了,

ɱa^{31}tsa^{22}pʻa^{22}pa^{31}pie^{51}。

方家接着唱。

ɱa^{31}tsa^{22}pie^{53}na^{24}tau^{22},

方家唱完了,

la^{31}ŋan^{24}pʻa^{22}pa^{31}pie^{51}。

颜家接着唱。

la^{31}ŋan^{24}pie^{53}na^{24}tau^{22},

颜家唱过了,

ɱa^{13}la^{24}pʻa^{22}pa^{31}pie^{51}。

姓罗接着唱。

ɱa^{13}la^{24}pau^{22}luo^{31}nieii^{31},

罗家在包罗①,

la^{31}lia^{41}au^{31}ɱu^{31}ɡai^{22},

达腊办喜事,

① 包罗:越南地名,邻近中国广西那坡县平孟镇。

biu^{31} ɑr^{22} ou^{35} ɱɑ^{13} luo^{25}，

人头不够数，

ɱɑ^{31} lɑ^{24} pei^{22} ʐɑu^{35} lɑ^{41}。

去请罗家来。

ɱɑ^{31} lɑ^{24} en^{35} nɑ^{53} sə^{31}，

罗家经何处，

wo^{22} dɑn^{35} pɑi^{22} sə^{31} lɑ^{31}。

取道德隆寨。

（三）梁氏在位谱

nɑi^{35} luo^{31} qɑ^{31} sɑu^{33} pie^{51}？

今日谁来诵？

nɑ^{35} luo^{31} tsɑu^{35} p‘ɑ^{35} sie^{51}？

今日谁来唱？

ŋɑ^{31} ɱɑ^{31} tɑi^{41} gɑu^{31} pie^{53}，

我在堂前诵，

ŋɑ^{31} ɱɑ^{31} tɑi^{41} gɑu^{33} sie^{53}。

我在堂前唱。

ɱɑ^{31} ʐeŋ^{24} ʤuɱ^{35} pei^{22} gɑ^{31}，

梁门先祖堂，

ɣu^{35} p‘ɑ^{22} luo^{31} dɑi^{35} xuɑn^{41}，

头届是代环，

niei^{25} p‘ɑ^{22} luo^{31} dɑi^{33} k‘oŋ，

二届是代孔，

soŋ^{33} pʻɑ^{22} luo^{31} dɑi^{35} diɑn^{33}，

三届是代典，

lɑi^{35} pʻɑ^{22} luo^{35} dɑi^{35} ŋɑn^{33}，

四届是代安，

ŋɑ^{35} pʻɑ^{22} luo^{31} dɑi^{35} li^{51}。

五届是代利。

sə^{31} lɑ^{31} ʤuɱ^{35} pei^{22}，

历代的先祖，

buŋ^{31} buŋ^{31} ɡɑ^{33} ɱu^{41} nɑ^{24}，

代代办过酒，

lɑi^{35} lɑ^{33} ɡuŋ^{41} kɑu^{24} ɤuo^{25}，

四月欢庆节，

ʤuɱ^{35} bɑi^{41} pie^{53} ɱɑ^{31} ɳɑɱ^{33}。

敬祖念祷词。

jiɑu^{35} tʻou^{51} ʨie^{24} ɤuo^{35} tʻɑ^{41}，

待到下种时，

qɑɱ^{51} pu^{24} ɱɑu^{35} oɱ^{41} ʐɑu^{24}。

布谷鸟催春。

loŋ^{33} ɤiei^{41} ɡɑ^{53} ɱɑ^{24} nɑɱ^{33}，

春雨润新芽，

ɡɑ^{53} bɑn^{33} sɑi^{33} ʤuŋ^{41} bɑu^{31}。

阳雀枝头叫。

qɑ^{41} pu^{24} ɱen^{35} pʻiɑ^{35} nɑ^{35}，

布谷开了口，

qɑ^{53} bɑn^{33} ɱen^{35} ɱen^{35} pʻiɑ^{35} nɑ^{35}，

阳雀开了腔，

lɑ^{31} ɱeŋ^{24} tie^{31} fɑn^{41} ɣɑu^{22}，

百姓千万户，

nɑ^{31} ɣɑ^{31} tɕʻuo^{53} rɑ – ɱ^{2}4tsɑŋ^{24}。

免除了灾殃。

buŋ^{31} nɑ^{53} gɑ^{53} ʐiɑŋ^{24} jiu^{33}，

上山种旱粮，

gɑ^{53} ʐiɑŋ^{24} tie^{25} ɣɑ^{41} ɱu^{31}，

旱粮收成好，

nɑ^{35} guo^{41} tsɑ^{53} jiou^{22} ei^{31}，

下田插水秧，

jie^{31} ɱɑ^{41} ʨi^{31} guo^{31} vuɑŋ^{31}。

颗粒归还仓。

ʤuɱ^{35} pei^{22} nɑ^{35} jiɑ^{51} ʥɑu^{24}，

祖先造田地，

ʤuɱ^{35} pei^{22} gɑ^{53} jiɑu^{24} tʻou^{51}，

祖先播粮种，

nɑ^{35} jiɑ^{51} buŋ^{31} buŋ^{31} niei^{31}，

田地留万代，

gɑ^{53} jiɑu^{24} buŋ^{31} tɑɱ^{31} buŋ^{31}。

粮种传万年。

nə^{31} nɑi^{33} buɱ^{31} ven^{24} pɑi^{24}，

昨日敬山神，

nɑi^{35} loŋ^{41} ʤuŋ^{35} lɑ^{41} pɑi^{24}。

今天敬祖灵。

tsau^{35}t'ai^{35}buŋ^{31}la^{31}bai^{24}?

为何敬山神?

tsau^{35}t'ai^{35}ʤuŋ^{35}la^{41}pai^{24}?

为何敬祖灵?

buŋ^{31}kaŋ^{22}ven^{35}pai^{24}na^{35},

敬了大山神,

buŋ^{31}kaŋ^{22}ɱai^{35}ɱu^{41}ta^{22};

大山神开恩;

ʤuŋ^{35}ɱaŋ^{35}la^{41}bai^{24}ta^{33},

敬了老祖灵,

ʤuŋ^{35}ɱaŋ^{35}qua^{35}ɱu^{41}ta^{22};

老祖灵保佑;

ɤei^{33}nai^{35}jiau^{35}t'ou^{51}ei^{31},

来日下粮种,

ɤei^{33}ɱai^{35}biu^{31}niei^{31}sa^{53},

来日人生存,

vua^{53}pei^{22}nu^{31}diu^{24}ŋua^{25},

鸟兽避开眼,

ɱiau^{22}kaŋ^{33}ɱen^{35}suo^{33}ŋua^{25}。

虎狼避开牙。

十八、做 主 歌

[ga^{33} ou^{35} ɤa^{51}]

国际音标: ɣiei^{31}buo^{53}tɕin^{31}la^{31}tɕin^{31},

意　　译: 清清的泉水,

ɣiei^{31} laŋ^{24} ɱuoŋ^{51} la^{31} ɱuoŋ^{51}，
长长的溪流，
ʤi^{31} pa^{22} jiei^{25} ta^{33} na^{35}，
蒸好了酒饭，
ʤi^{31} gai^{31} siau^{22} ta^{33} na^{35}。
熬出了美酒。

ɣiei^{31} buo^{53} lai^{25} ka^{41} niei^{31}，
泉水有泉根，
ɣiei^{31} laŋ^{24} ʐiei^{31} ou^{22} niei^{31}，
溪流有源头，
ʤi^{31} pa^{22} lai^{25} ka^{41} niei^{31}，
酒饭有来路，
ʤi^{31} ɱei^{24} lai^{25} k'a^{22} niei^{31}。
美酒有缘由。

nai^{35} ɱa^{22} sau^{33} tu^{35} p'aŋ^{35}？
今日谁开张？
na^{35} sau^{33} jie^{31} tsau^{33} ɱu^{41}？
今日谁做主？
tsau^{35} t'ai^{35} tɕi^{35} ɱaŋ^{35} sai^{33}？
为何宰牲畜？
tsau^{35} t'ai^{35} ga^{33} ɱei^{35} ɱu^{41}？
为何办喜酒？
au^{31} ɱu^{31} ɣa^{31} ɱa^{13} ŋai^{33}，
不是办婚事，

t‘i^{35} ʤaŋ^{35} ɤa^{41} ɱa^{13} ŋai^{33}，

不是建新房，

soŋ^{33} gaɱ^{41} ʤi^{31} ɱa^{13} ŋai^{33}，

不是办三朝，

ŋuan^{31} əuoŋ^{51} ʤi^{31} ɱa^{13} ŋai^{33}。

不是祝大寿。

tie^{41} ɤau^{25} ʤi^{41} ɱa^{13} ŋai^{33}，

不是哪一家，

tie^{41} ʐan^{24} ʤi^{31} ɱa^{13} ŋai^{33}，

不是哪一户，

la^{31} lia^{41} p‘u^{35} luoŋ^{41} ʤi^{31}，

是达腊全寨酒，

la^{31} lia^{41} p‘u^{35} ɤau^{25} ʤi^{41}。

是达腊全户酒。

niei^{31} nai^{33} gai^{22} la^{31} lia^{41}，

达腊昨日里，

guŋ^{31} ven^{24} kau^{35} ta^{33} na^{35}，

祈祷欢乐神，

niei^{31} gui^{33} la^{31} lia^{41} ɱei^{31} kau^{24}，

达腊昨夜间，

ʤuɱ^{35} ɱaŋ^{35} bei^{22} la^{31} kau^{24}。

敬祭老祖灵。

nai^{35} luo^{41} la^{31} lia^{41} p‘u^{33}，

达腊今日里，

buo^{53}ven^{24}kau^{35}ta^{33}lai^{25},

祈祷刺绣客,

gui^{33}luo^{41}la^{31}lia^{41}ɱei^{31},

达腊今夜里,

ʤuɱ^{35}ɱaŋ^{35}kau^{35}la^{41}ɤa^{31}。

敬祭老祖先。

jie^{35}tɕ'ian^{22}jia^{53}guo^{33}ɤu^{35},

千百年以前,

la^{31}lia^{41}ʤuɱ^{35}ɱaŋ^{35}bei^{22}。

达腊老祖先。

k'a^{33}luŋ^{35}ɱei^{41}na^{53}suŋ^{31},

卡隆故地居,

pa^{33}ka^{41}buɱ^{31}na^{53}xian^{35},

岜嘎山上住,

dai^{35}pei^{22}k'a^{33}ɱia^{35}p'a^{35},

异族多弓箭,

bau^{35}lai^{35}buɱ^{41}ka^{22}niei^{31},

祖孙进山间,

ɱa^{31}ʤau^{35}ɱi^{31}ɤuŋ^{35}ba^{31},

多蒙大竹林,

ʤu^{35}duɱ^{35}ɱaŋ^{35}niei^{35}ɤa^{24}。

留得我祖先。

tsau^{35}guo^{33}ɤa^{41} –ɱ^{24}sei^{33},

不知哪一年,

la^{31} lia^{41} ʤuɱ^{35} ɱaŋ^{35} bei^{22}，

达腊老祖先，

jia^{51} pu^{31} kiei^{31} qau^{53} suo^{22}，

赤脚行千里，

ɣiei^{31} buo^{53} kaŋ^{22} baŋ^{35} lai^{22}，

来到泉水①边，

tie^{31} buŋ^{41} sə^{31} li^{24} niei^{3}，

住上几代人，

ɣiei^{31} buo^{53} baŋ^{24} saŋ^{22} ɱia^{35}，

泉边人势众，

ʨi^{35} ɱaŋ^{35} jiau^{51} ɣa^{31} na^{33}，

牲畜难养活，

ka^{51} jiau^{24} tou^{24} ɣa^{31} na^{33}，

粮种难下土，

na^{33} nai^{41} sou^{33} pan^{22} luŋ^{35}，

辗转又搬迁，

pa^{33} taŋ^{24} buɱ^{31} gau^{31} la^{31}。

来到巴当②前。

pa^{33} taŋ^{24} buɱ^{31} la^{31} kaŋ^{33}，

巴当山势雄，

ʤi^{31} ʤuɱ^{35} ɱaŋ^{35} sau^{22}，

收容我祖先，

---

① 泉水：指那坡县感驮泉。相传该支系彝族初从云南迁来时，住在这个泉边的一岩洞里，数代以后迁至现居寨子。

② 巴当：达腊彝寨后山。这里泛指四面山。

guo^{33} guo^{33} lai^{35} la^{33} guo^{41},

年年四月间，

buŋ^{31} kaŋ^{22} ven^{35} pei^{22} kau^{35},

敬祭大山神，

guo^{33} guo^{33} lai^{35} la^{33} nai,

年年四月间，

ʤu^{33} ʤuŋ^{35} ɱaŋ^{35} pei^{22} kau^{35}。

敬祭老祖先。

ɣa^{31} nai^{24} ɱa^{31} li^{35} t‘a^{41},

往后的日子，

ɣa^{31} ʤaŋ^{24} ɱa^{31} li^{35} t‘a^{41},

往后的时辰，

jie^{31} ɱaŋ^{35} jie^{31} nu^{35} biu^{41},

寨上老少口，

kuŋ^{31} ɣa^{31} biu^{31} ka^{22} niei^{31}。

欢乐在人间。

guo^{33} tuo^{51} jia^{53} siai^{22} li^{35},

开年翻犁土，

ɣuo^{33} ri^{53} bum^{41} na^{51} sei^{33},

春雨润山前，

da^{31} saŋ^{22} ga^{31} jiau^{24} t‘ou^{53},

三月播谷秧，

ɣiei^{31} laŋ^{24} na^{35} guo^{41} ei^{31}。

溪河流进田。

qɑŋ^{51} pu^{24} buŋ^{31} ʥuŋ^{31} bɑu^{31}，

布谷叫岭顶，

ki^{33} kuo^{51} sɑi^{33} ʥuŋ^{41} gɑŋ^{22}，

叽贵①鸣枝头，

kɑ^{53} ɱɑ^{24} jie^{25} ŋuo^{51} tuo^{53}，

禾苗抽嫩芽，

bɑu^{35} ɱiei^{22} tɕʻie^{41} qɑn^{35} sei^{25}，

害虫莫缠根，

tsɑu^{22} ɱɑ^{35} jie^{25} nɑɱ^{51} tuo^{53}，

庄稼结苞穗，

ɱɑu^{35} vuɑ^{35} fɑɱ^{33} lɑi^{25} sei^{33}，

飞鸟莫作践，

tsɑ^{53} gɑ^{31} jie^{25} ɱɑ^{41} du^{31}，

米粮结粒子，

vuɑ^{31} ȵɑu^{31} fɑn^{33} lɑi^{25} sei^{33}。

鼠类莫抢先。

ɣɑ^{31} nɑi^{24} ɱɑ^{31} li^{35} tʻɑ^{41}，

今后的日子，

ɣɑ^{31} ʥɑŋ^{24} ɱ^{31} li^{35} tʻɑ^{41}，

今后的时辰，

tɕi^{35} ɱɑŋ^{441} buɱ^{41} nɑ^{53} pʻiɑn^{22}，

放牧到山前，

---

① 叽贵：催春鸟的一种。

tɕi^{35} ɱaŋ^{35} ɣiei^{41} baŋ^{24} p‘ian^{35}，

放牧到河边，

buɱ^{31} na^{53} ŋuo^{53} lu^{31} lai^{22}，

山上有滚石，

tɕi^{35} ɱaŋ^{35} ɣen^{35} tie^{22} ɣa^{35}，

牛马避得开，

ɣiei^{31} ɱa^{24} ɣiei^{31} ʐei^{24} ga^{53}，

大河水流急，

tɕi^{35} ɱaŋ^{35} len^{31} li^{35} sei^{25}。

牛马莫乱行。

buɱ^{31} kaŋ^{22} buɱ^{31} ven^{24} niei^{31}，

大山有山神，

ɱei^{31} kaŋ^{22} ɱei^{31} tsau^{33} niei^{41}，

大地有地主，

biu^{31} ɱiaŋ^{31} kau^{35} sie^{51} buŋ^{31}，

彝家几十辈，

ɣu^{35} buŋ^{41} din^{31} ɣa^{31} k‘en^{33}。

先辈立下位。

la^{31} ɱeŋ^{24} jie^{25} jia^{51} ɣau^{25}，

百姓千百户，

la^{31} ɱeŋ^{24} jie^{25} tɕ‘ian^{22} p‘a^{22}，

百姓千百人，

pei^{22} su^{31} sai^{31} kaŋ^{22} ɱu^{31}，

同操大事业，

pei^{22} su^{31} jie^{31} tsau^{33} ɱu^{41}。

同劳作寨主。

guo^{33} ɱei^{35} sɑu^{33} qɑ^{41} k'uŋ^{31}，

丰年同享乐，

guo^{33} len^{51} və^{25} luŋ^{24} ɱu^{31}，

歉年共相扶，

tsɑu^{35} buŋ^{41} qɑ^{31} tie^{25} ɱu^{41}，

世世创家业，

tsɑu^{35} buŋ^{41} sɑ^{53} ɣɑ^{31} ɱu^{31}。

世世占洪福。

十九、说 阿 白

［pə^{35} ɣɑ^{41} que^{31}］

国际音标：tɑŋ^{35} ou^{35} sie^{51} niei^{51} ʤɑ^{35}，

意　　译：话题百十样，

ʤɑ^{24} ʤɑ^{24} que^{31} ɣɑ^{31} sɑŋ^{24}，

样样都得讲，

ʤɑŋ^{35} tie^{25} que^{41} ɱɑ^{13} quɱ^{41}，

一时表不尽，

niei^{25} ʤɑ^{35} duŋ^{35} que^{41} ɑuo^{24}。

先说一两样。

qɑ^{31} pə^{35} sɑŋ^{22} kɑu^{35} p'ɑ^{35}，

阿白有九个，

kɑu^{35} p'ɑ jiɑ^{51} ɱiɑ^{24} li^{35}，

九个去开荒，

jiɑ^{51} ɱiɑ^{24} tie^{31} qɑŋ^{51} ɣɑ^{24}，

开荒到中途，

va^{31}di^{35}ɱen^{35}qaŋ^{35}giau^{41},

斧头崩了口,

ɱia^{35}lai^{22}pa^{51}van^{41}li^{24},

换用大镰刀,

ɱia^{35}lai^{22}tie^{31}luɱ^{22}qau^{33},

镰刀挨断节,

jie^{35}luɱ^{22}k‘iei^{31}va^{24}ta^{33},

缺片留脚掌,

jie^{35}dian^{22}la^{25}na^{51}daɱ^{24}。

断节在手上。

pə^{41}pei^{22}tu^{35}tie^{25}niei^{41},

阿白聚一堂,

ʨuɱ^{53}ʨuɱ^{53}ŋau^{31}biai^{53}lai^{22},

痛哭涕泪流,

ɱei^{31}tsau^{33}p‘a^{22}ka^{35}li^{33},

震动到地主,

ɱei^{31}tsau^{33}ɱa^{35}ka^{35}li^{35}。

震动到地娘。

ɱei^{31}tsau^{33}p‘a^{22}na^{53}la^{22},

地主来问津,

ɱei^{31}tsau^{33}ɱa^{33}na^{51}lai^{22},

地娘来盘查,

tsau^{35}t‘ai^{35}niei^{51}ȵaŋ^{31}lai^{22}?

伤心为哪门?

tsau^{35}t‘ai^{35}sou^{33}ŋau^{41}niei^{31}?

哭泣为哪桩?

qɑ^{31} pə^{41} diu^{24} biɑi^{53} gui^{51}，

阿白揩眼泪，

tɑŋ^{35} sɑi^{51} que^{31} ɔŋ^{51} lɑi^{22}，

实话对着讲，

ɱiɑ^{35} tie^{22} vɑ^{31} di^{35} qɑu^{33}，

只因刀斧损，

jiɑ^{53} ɱiɑ^{24} li^{35} ɱɑ^{35} ɤɑ^{35}。

山地难开荒。

ɱei^{31} tsɑu^{33} qɑ^{31} luoŋ^{41} p‘ɑ^{22}，

地主古阿龙，

ɱei^{31} ɱɑ^{22} qɑ^{31} jiɑ^{41} p‘ɑ^{22}，

地娘古阿牙，

pə^{41} pei^{22} bə^{33} ɤɑ^{41} que^{31}。

安慰众阿白。

ɱɑ^{35} tie^{25} tɑŋ^{35} que^{41} lɑi^{22}：

一齐把话讲：

vɑ^{31} di^{35} giɑu^{41} ɱɑ^{13} kiɑn^{51}，

斧缺不打紧，

ɱiɑ^{35} qɑu^{33} gu^{35} gu^{35} ɤɑ^{35} niei^{41}，

刀断可重修，

vɑ^{31} di^{35} tie^{22} ɱiɑ^{35} gu^{35}，

修好了刀斧，

ɤɑ^{31} nɑi^{24} jiɑ^{53} ɱiɑ^{24} luŋ^{35}。

来日再开荒。

qɑ^{31} pə^{41} tɑŋ^{35} ɱei^{35} kɑ^{35}，

阿白听忠言，

ʤau^{35} ɱaŋ^{35} tau^{22} ɤa^{53} li^{24},

去寻长老者,

ɱia^{35} tie^{22} va^{31} di^{35} gu^{35},

修好刀和斧,

p'in^{41} jia^{53} ɱia^{24} li^{35} luŋ^{35}。

再去开新荒。

ɤu^{35} la^{33} sai^{33} ȵau^{51} ban^{53},

一月砍草木,

niei^{25} la^{33} qa^{31} ȵau^{51} lau^{33},

二月晒干草,

soŋ^{33} la^{33} qa^{31} ȵau^{51} tɕ'ei^{53},

三月烧干草,

la^{35} la^{33} ka^{53} jiau^{24} tou^{53}。

四月播粮种。

ŋai^{35} jiau^{35} tɕ'ei^{51} luoŋ^{51} qun,

别样烧得尽,

ȵuoŋ^{33} ɱa^{35} tɕ'ei^{51} ɱa^{13} luoŋ^{53},

单剩牛麻藤①,

ɱi^{35} luoŋ^{53} suoŋ^{33} nai^{35} tie^{25},

火燃了三天,

ȵuoŋ^{33} ŋui^{33} luoŋ^{51} ɱa^{13} qun^{41}。

烧不尽藤根。

ɱi^{35} luoŋ^{51} na^{35} la^{25} t'a^{41},

大火一停息,

---

① 牛麻藤:一种粗壮的野藤。常用于绑架、搭架等。

ȵuoŋ^{33} ɱɑ^{35} sen^{35} lɑ^{41} luoŋ^{24}。

牛麻藤复生。

wu^{33} gɑi^{22} ȵuoŋ^{33} ɱɑ^{35} ɱɑ^{22}，

原来这古藤，

qɑ^{31} ȵuoŋ^{33} ʤiɑi^{35} jiɑu^{35} lɑu^{41}。

求人要祭品。

qɑ^{31} pə^{41} ʤɑi^{35} jiɑu^{35} ɤɑ，

阿白找祭品，

ȵu^{35} ɤɑ^{33} pi^{41} tie^{13} ʐə^{51}，

一串干牛肉，

bɑu^{35} tɕʻuo^{51} pi^{31} tie^{13} liɑ^{24}，

一碟干虾子，

gɑ^{33} ɤiei^{41} tɕi^{31} lɑ^{35} siɑn^{33}。

四杯清凉酒。

ʤɑi^{35} jiɑu^{35} niei^{41} quɱ^{31} nɑ^{24}，

祭品上齐全，

ȵuoŋ^{33} ɱɑ^{35} bɑi^{24} lɑ^{31} nɑ^{24}，

敬请牛麻藤，

ȵuoŋ^{33} ɱɑ^{35} ɱi^{35} luoŋ^{35} que^{31}，

牛麻藤烧尽，

qɑŋ^{5} tɕin^{31} kɑ^{53} ɤei^{33} tou^{51}。

半坡种新粮。

kɑ^{53} jiɑu^{24} tou^{53} ei^{31} sɑi^{22}，

要种下新粮，

ŋuo^{53} pɑ^{53} dou^{51} lɑi^{22} luoŋ^{24}，

又遇上石头，

ŋɑi^{35} jiɑu^{35} gu^{35} tie^{25} ɱɑ^{22}，

别样理得清，

ŋuo^{53} pɑ^{53} k'iɑi^{33} ɱɑ^{13} ei^{41}，

石头赶不走，

ŋuo^{53} ven^{24} tɑŋ^{35} que^{41} lɑ^{31}，

石神开言道，

jiɑ^{31} ʤɑi^{35} nɑ^{51} jiu^{31}。

也要找祭品，

qɑ^{31} pə^{41} lei^{25} ʤɑ^{35} ɤɑ^{51}，

阿白筹礼品，

ɤɑ^{53} ɤu^{24} ɱiɑn^{33} tie^{31} ɱɑ^{41}，

一只熟鸡蛋，

pu^{24} ʤɑ^{35} tsɑu^{53} tie^{22} li^{35}，

插在扫帚尾，

ɱɑu^{35} pie^{51} ŋuo^{41} ven^{24} bɑi^{24}。

诵词祭石神。

ŋuo^{31} ven^{24} ɱen^{35} piɑŋ^{35} lɑ^{25}，

石神开了口，

qɑ^{31} pə^{41} kɑ^{53} ɱɑ^{22} ɤɑ^{35}。

阿白种得禾。

qɑ^{31} pə^{41} jiɑ^{33} ɤɑ^{41} ŋɑɱ^{24}，

阿白卖了苦，

qɑ^{31} pə^{31} ʐeŋ^{24} jiuŋ^{31} nɑ^{24}，

阿白出了力，

ɱau^{35}ta^{33}ɱai^{35}ɱa^{35}ɱu^{41},
上天没保佑,
qa^{31}pə^{31}tie^{25}ɤa^{41}na^{33}。
阿白难出头。

tie^{25}la^{41}nai^{24}ɤa^{51}na^{33},
难出头之日,
tie^{2}la^{41}tɕie^{24}ɤa^{51}na^{33},
难出头之时,
ɱei^{35}ɱu^{41}saŋ^{22}ɱa^{31}tsaŋ^{41},
不为人作美,
ɱai^{35}ɱu^{41}biu^{31}ɱa^{13}tsaŋ^{41}。
不为人保障。

biu^{31}pei^{22}niei^{53}ɱei^{24}ɱu^{31},
众人发善心,
qa^{31}pə^{41}ku^{33}gu^{35}bai^{25},
为阿白修容,
qa^{31}pə^{41}p‘iaŋ^{35}luo^{31}ʐaŋ^{33},
阿白满面光,
qa^{31}pə^{41}diu^{24}lian^{24}la^{31}。
阿白双眼亮。
ɤa^{53}jiuŋ^{31}kaŋ^{22}baŋ^{33}la^{41},
送上大鸡笼,
pə^{35}ɤa^{41}ɱau^{35}ka^{41}t‘uŋ^{3},
为阿白成仙开路,

ɱiaŋ^{35} ʤa^{35} suoŋ^{51} jia^{31} baŋ^{22}，

赠与工具和炊具，

pə^{35} ɣa^{41} jiau^{33} ɣa^{31} ɣa^{51}。

为阿白归阴立脚。

ɱuŋ^{35} xu^{41} ɱuŋ^{35} an^{22} tau^{33}，

马匹配马鞍，

ȵu^{35} ɱaŋ^{35} ȵu^{35} ŋiaŋ^{51} sie^{51}，

耕牛配牛轭，

vua^{25} jiou^{51} vua^{25} laŋ^{35} pa^{31}，

养猪配猪槽，

qui^{35} vui^{41} la^{31} duŋ^{35} pa^{41}，

卖狗搭竹节①，

buo^{22} luo^{22} ȵaup‘ia^{22} pa^{31}，

送兔带兔草，

ɣa^{53} ʐan^{24} ɣa^{53} jiuŋ^{31} sie^{51}。

关鸡用鸡笼。

qa^{31} pə^{35} biu^{41} ka^{22} niei^{31}，

阿白在世间，

jiau^{35} qa^{31} ɱu^{31} ɱa^{13} ɣa^{35}，

造不起一切，

biu^{31} pei^{22} jia^{31} luŋ^{24} la^{31}。

众人来帮忙。

---

① 竹节：做狗的买卖时为了不让狗伤害陌生人，将绑狗绳穿过（或盘缠于）一节竹杆，一头顶住狗的颈脖，一头掌在陌生人的手中，以免被交易的狗伤害陌生主人。此处喻做某事必备之物。

tie^{31} buŋ^{41} jiɑ^{33} ɤɑ^{41} ɱu^{31}，

辛劳几十年，

qɑ^{31} pə^{31} biu^{31} kɑ^{22} sə^{31}，

阿白离人世，

biu^{31} kɑ^{22} biɑŋ^{53} nɑ^{24} gɑi^{22}，

离开了人间，

biɑ^{31} tu^{35} guo^{41} ɤɑ^{31} ɤɑ^{53}，

岩洞里寻位①，

biɑ^{31} tu^{35} qɑŋ^{51} ɱuŋ^{53} niei^{31}，

岩洞在高坡，

biɑ^{31} tu^{35} buŋ^{41} və^{53} niei^{31}，

岩洞在远山，

jie^{31} sou^{33} qɑ^{31} pə^{35} suoŋ^{51}，

咋个送阿白，

biu^{31} pei^{22} ben^{24} ɤɑ^{31} ɱiɑ^{24}。

众人费思量。

biu^{31} pei^{2} tɑŋ^{35} ʤuŋ^{41} pɑŋ^{22}，

众人带话题，

sei^{53} ŋui^{33} ɱɑŋ^{35} nɑ^{53} li^{24}，

去问老木桩，

sei^{53} ŋui^{33} ɱɑŋ^{35} que lɑi^{22}：

木桩来回话：

---

① 岩洞里寻位：彝俗，无生育能力的人死后，将其灵魂送至一个固定的岩洞，表示没有人给他扫墓。

ɑr^{22} ʤiɑ^{24} jiɑ^{31} ɱɑ^{13} lei^{25}；

这事它不管；

biu^{31} pei^{22} luŋ^{35} nɑ^{51} nɑ^{53}，

众人问森林，

dɑ^{41} tɕ‘ie^{31} tsuo^{33} nɑ^{51} li^{24}，

又问蕨草根，

luŋ^{35} tie^{22} dɑ^{41} tɕ‘ie^{31} ɱɑ^{22}，

森林和蕨根，

ɤei^{53} ɱen^{24} piɑŋ^{35} ɱɑ^{13} lɑu^{41}。

不肯开金腔。

bei^{41} duo^{53} piɑŋ^{22} nɑ^{53} nɑ^{51}，

众人问到东，

bei^{41} quɱ^{53} piɑŋ^{22} nɑ^{53} nɑ^{51}，

众人问到西，

bei^{41} duo^{53} piɑŋ^{22} sɑ－pɑ^{35} dou^{51}，

东边遇汉子，

sɑ^{31} pɑ^{35} liɑu^{24} gɑ^{25} kiɑn^{24}，

汉子忙捕鱼，

sɑ^{31} pɑ^{35} luo^{33} ɱu^{41} kiɑn^{24}；

汉子忙种地；

bei^{31} quɱ^{53} piɑŋ^{22} sɑ－ɱɑ^{35} dou^{51}，

西边遇到妇人，

sɑ^{31} ɱɑ^{35} que^{33} və^{33} k‘uo^{22}，

妇人逗孩儿，

jie^{31} sou^{33} qɑ^{31} pə^{35} suoŋ^{51}？

怎么送阿白？

jia^{31}tie^{35}pa^{35}ɱaŋ^{35}na^{53}。

她说找老父。

pa^{33}ɱaŋ^{35}jiau^{35}ɱu^{41}ni^{31}？

老父做什么？

guŋ^{31}kau^{24}nai^{35}bie^{51}ɱu^{31}。

跳弓节里当祭司。

biu^{31}pei^{22}bie^{51}p‘a^{22}dou^{53}，

众人见祭司，

bie^{53}p‘a^{22}ɱau^{35}bie^{51}kian^{24}，

祭司忙诵词，

wu^{33}taŋ^{35}xuo^{33}ta^{24}guo^{51}，

头上掌阳伞，

la^{31}buɱ^{41}ɤiei^{31}buo^{22}liaŋ^{35}，

肩上挎法袋，

kuoŋ^{53}na^{53}ɱau^{35}ɱuoŋ^{51}liaŋ^{22}，

腰间挂长剑，

la^{25}na^{51}qa^{31}ʤin^{35}soɱ^{25}，

手上持长矛，

niei^{25}ki^{41}ɤiei^{31}qai^{24}sei^{35}，

双脚穿皮鞋，

ʤuŋ^{35}ɤiei^{41}piaŋ^{31}ɱeŋ^{31}duɱ^{24}。

一身锦龙袍。

bie^{53}p‘a^{35}pie^{51}niei^{41}luŋ^{24}，

还有一祭司，

kuoŋ^{53} nɑ^{51} ɱiɑ^{35} kɑŋ^{33} jiɑ^{33}，

腰间挎大刀，

lɑ^{31} vei^{35} ɤiei^{41} duɱ^{53} suɱ^{22}，

右手拿神条，

lɑ^{31} biɑŋ^{51} kiɑi^{35} luŋ^{31} jiɑn^{51}，

左手摇铜铃，

k‘iei^{31} suɱ^{41} p‘ɑ^{31} qɑi^{24} sei^{35}，

双脚穿布鞋，

sou^{25} piɑŋ^{31} ɱuoŋ^{53} ɱeŋ^{31} vuɑn^{31}，

全身蓝长袍，

t‘ɑ^{33} buoŋ^{41} p‘iɑŋ^{31} tsɑŋ^{53} vuɑn^{31}，

上身套背心，

piɑŋ^{31} tɑŋ^{31} ŋɑ^{53} ɱiei^{22} di^{35}。

衣角贴羽毛。

bie^{53} p‘ɑ^{22} jie^{13} ʨɑn^{41} vei^{22}，

祭司带仆人，

ʨɑn^{31} p‘ɑ^{22} tie^{25} xɑu^{41} vuɑn^{31}，

仆人另打扮，

wu^{33} tɑŋ^{35} xuo^{33} ʐuoŋ^{51} guo^{53}，

头戴烂草帽，

kuoŋ^{53} nɑ^{53} qɑ^{31} ni^{35} qɑn^{22}，

腰间缠竹篾，

ɱeŋ^{31} nɑ^{53} qɑ^{31} duo^{41} duɱ^{24}，

身上披蓑衣，

k‘iei^{31} suɱ^{31} qɑi^{24} tsɑŋ^{25} sei^{35}，

双脚穿木鞋，

la^{31} vei^{35} qa^{31} tou^{51} suɱ^{22}，

右手持木槌，

lai^{31} biaŋ^{51} ɱa^{31} tsʻa^{51} suɱ^{22}。

左手掌竹矛。

bie^{53} pʻa^{22} tɕʻiŋ^{35} la^{41} na^{24}，

请来了祭司，

tɕan^{31} pʻa^{22} ku^{31} la^{31} na^{24}，

叫来了仆人，

bie^{53} pʻa^{22} ɱen^{35} ɱau^{35} bie^{51}，

祭司口吟词，

tɕan^{31} p^{31}ʻa^{22} jia^{31} pa^{31} pie^{53}，

仆人跟着吟，

bie^{53} pʻa^{22} ven^{35} gan^{51} tɕʻiei^{53}，

祭司跳神舞，

tɕan^{31} pʻa^{22} qa^{31} pa^{31} tɕʻiei^{53}。

仆人跟着跳。

pie^{53} pʻa^{22} taŋ^{53} la^{24} pie^{53}，

祭司高声诵，

tɕan^{31} pa^{22} diuo^{22} tie^{25} pa^{41}，

仆人低声吟，

pie^{53} pʻa^{22} tʻiaŋ^{24} tɕʻiei^{53}，

祭司大步跳，

tɕan^{31} pʻa^{22} diuo^{22} pa^{31}。

仆人小步跟。

kɑ^{31} tuoŋ^{31} qɑ^{31} pə^{35} pɑi^{22}，

为阿白开路，

tɕi^{31} nɑn^{31} ɱu^{31} pə^{35} pɑi^{22}，

为阿白铺灵床，

tɕi^{31} nɑn^{31} ti^{35} ʥuŋ^{41} tɑ^{25}？

灵床铺在楼梯口？

ɱɑ^{22} qui^{35} niei^{41} ɤɑ^{31} ɱɑ^{31}；

是狗住地方；

tɕi^{31} nɑn^{31} tɑŋ^{24} t‘ɑ^{33} tɑ^{22}？

灵床铺在晒台上？

tɑŋ^{24} tɑ^{33} qɑu^{33} lɑi^{25} sɑ^{51}；

晒台容易塌；

tɕi^{31} nɑn^{31} nɑ^{35} guo^{41} tɑ^{22}？

灵床铺在旱田里？

nɑ^{35} jiou^{33} li^{35} ɤɑ^{41} nɑ^{33}；

插秧受阻碍；

tɕi^{31} nɑn^{31} jiɑ^{53} guo^{31} ɑn^{22}？

灵床铺在耕地里？

jiɑ^{53} ɱu^{31} quɑi^{25} ɤɑ^{41} niei^{31}；

耕作受影响；

tɕi^{31} nɑn^{31} buɱ^{31} ʥuoŋ^{31} ɑn^{22}？

灵床铺在高山头？

buɱ^{31} ʥuo^{31} ʐɑ^{35} qɑu^{33} lɑi^{25}。

山头易滑落。

ɤɑ^{53} ei^{31} tie^{22} ɤɑ^{53} lɑ^{31}，

寻觅又寻觅，

ben^{24}ei^{31}tie^{22}benla^{31}，

思量又思量，

pə^{35}suoŋ^{51}pa^{31}tu^{35}ei^{31}，

直接送白到洞口，

pa^{31}tu^{35}ta^{22}luo^{31}ɱan^{53}。

岩洞最稳当。

ɱa^{31}tu^{35}daŋ^{33}la^{31}daŋ^{33}，

深深的岩洞，

t‘a^{33}buŋ^{41}ɤiei^{31}dia^{53}lai^{22}，

上边有水滴，

tu^{35}taŋ^{41}ŋuo^{53}ʐuo^{22}niei^{31}。

洞底有石棉。

biu^{31}pei^{22}jiŋ^{22}tsaŋ^{22}li^{35}，

众人送香火，

biu^{31}pei^{22}ɱa^{31}ga^{35}suoŋ^{51}，

众人送荞麦，

nuo^{53}jiau^{24}suoŋ^{53}li^{24}luŋ^{35}，

又送去豆种，

ɤa^{31}nai^{24}ɱə^{25}lai^{25}t‘a^{41}，

来日断了粮，

jia^{53}ɱia^{24}li^{35}ɤa^{35}nuo^{25}，

可以去开荒，

jia^{53}ɱia^{24}ɱa^{31}ga^{35}jiu^{33}，

开荒种荞麦，

jiɑ^{53} ɱiɑ^{24} nuo^{53} p‘u^{31} jiu^{22}，
开荒种豆子，
qɑ^{31} pə^{35} tɑ^{33} ɤɑ^{41} niei^{31}。
阿白安下身。

kiei^{31} tɑu^{22} buŋ^{41} lɑ^{31} sei^{25}，
不回头干扰，
ɱɑu^{35} gɑu^{41} sɑ^{31} ɱi^{35} pei^{22}，
在世的妇女，
pə^{35} kɑ^{41} suo^{33} li^{35} sei^{25}，
不走阿白路，
pə^{35} tɑu^{22} pɑ^{41} li^{24} sei^{25}，
不随阿白行，
qɑ^{35} vuɑ^{53} tsɑu^{31} sie^{51} ɤɑ^{24}，
白日打猎猎成十，
ɱin^{31} vuɑ^{53} tsɑu^{31} jiɑ^{53} ɤɑ^{24}，
夜间打猎猎成百，
sɑu^{33} kɑ^{41} sɑu^{33} kun^{25} suo^{22}，
各走各的路，
sɑu^{33} lɑu^{51} sɑu^{33} kun^{25} tsɑ^{33}。
各循各的章。

二十、道　规　矩

[jie^{31} lɑu^{51} ɤɑ^{31}]

国际音标：ɤu^{35} buŋ^{41} ɱɑu^{35} guo^{33} gɑi^{22}，
意　　译：上古的年月，

la^{31} ga^{51} tie^{31} p‘a^{35} ɱa^{22}，

一位后生哥，

qa^{31} tsuoŋ^{24} ɱian^{53} sou^{33} ti^{24}，

名字叫阿仲，

ɱi^{35} lau^{35} tie^{31} p‘a^{35} jiu^{41}。

娶了个靓姑娘。

ɱi^{35} jiuo^{51} sa^{31} nu^{35} ɱa^{22}，

年轻的夫妻，

suoŋ^{33} guo^{33} tu^{35} tie^{33} niei^{41}，

相处了三年，

suoŋ^{33} guo^{33} ɱeŋ^{41} ɱa^{24} k‘ian，

三年不上孕，

suoŋ^{33} guo^{33} que^{33} ɱa^{31} baŋ^{35}，

三年不生养，

que^{33} ɱa^{13} baŋ^{35} tie^{25} duoŋ^{35}，

不生养也好，

qa^{41} tsuoŋ^{24} bia^{53} k‘a^{22} dou^{53}：

阿仲反遭殃：

qa^{31} tsuo^{24} p‘iaŋ^{31} na^{53} van^{31}，

阿仲穿黑衣，

ɱi^{35} luoŋ^{51} p‘iaŋ^{31} na^{53} li^{24}；

火烧黑衣裳；

qa^{31} tsuoŋ^{24} p‘iaŋ^{31} tsuo^{22} van^{31}，

阿仲穿白衣，

ɱi^{35} luoŋ^{51} p‘iaŋ^{31} tsuo^{22} li^{24}；

火烧白衣裳；

qɑ^{31} tsuoŋ^{24} lɑ^{33} nɑ^{51} vuɑn^{31}，

阿仲穿黑裤，

ɱi^{35} luoŋ^{51} lɑ^{33} nɑ^{53} li^{24}；

火烧黑裤子；

qɑ^{31} tsuoŋ^{24} lɑ^{33} tsuo^{35} vuɑn^{41}，

阿仲穿白裤，

ɱi^{35} luoŋ^{51} lɑ^{33} tsuo^{33} li^{24}；

火烧白裤子；

qɑ^{31} tsuoŋ^{24} qɑ^{31} duo^{41} duɱ^{24}，

阿仲披蓑衣，

ɱi^{35} luŋ^{51} duo^{41} nɑ^{31} li^{24}。

火烧着蓑衣。

qɑ^{31} tsuoŋ^{24} ɱiɑ^{25} gɑ^{35} jiu^{33}，

阿仲种荞麦，

lɑi^{53} pɑu^{22} gɑ^{35} vuɑ^{51} biɑu^{31}，

风吹麦花飘，

tie^{31} guo^{33} dɑɱ^{35} ɤɑ^{41} ɱu^{31}，

辛劳一春秋，

wu^{33} luo^{41} ŋɑi^{31} lɑi^{22} nɑ^{31}。

汗水白流淌。

qɑ^{31} tsuoŋ^{24} ben^{24} ʐɑ－ɱ^{13} p‘u^{35}，

阿仲没办法，

niei^{53} ȵɑŋ^{31} tiŋ^{22} nɑ^{31} ŋɑu^{31}。

伤心哭鼻子。

ɱei^{31}tsau^{33}qa^{31}luoŋ^{41}p‘a^{22},

土地主阿龙,

ɱei^{31}ɱa^{22}qa^{31}jia^{41}p‘a^{22},

土地娘阿牙,

qa^{31}tsuoŋ^{24}ŋau^{31}t‘ie^{31}ka^{24},

听到阿仲哭,

jian^{25}na^{53}tsau^{35}t‘ai^{53}ɱa^{35}。

问他是何因。

qa^{31}tsuoŋ^{24}diu^{24}biai^{53}qui^{53},

阿仲揩眼泪,

jie^{31}ɣa^{41}diaŋ^{31}na^{53}que^{31}。

照实讲原由。

qa^{31}luoŋ^{41}tie^{22}qa^{31}jia^{51},

阿龙和阿牙,

ɱie^{33}la^{31}sou^{33}na^{51},

问他妻子何家来,

qa^{31}tsuoŋ^{24}taŋ^{35}guo^{33}lai^{25}:

阿仲来回话:

ɱie^{33}ɱa^{22}ɱa^{31}dai^{35}ɱa^{35},

妻子是客家,

ɱie^{33}ɱa^{22}dai^{35}t‘i^{35}biu^{41},

妻子是客门,

ɣu^{35}guo^{33}ɱi^{35}jiuo^{51}ɱu^{31}。

早年相识成婚配。

qɑ^{31} luoŋ^{41} tie^{22} qɑ^{31} jiɑ^{41}，

阿龙和阿牙，

ɱen^{35} p'iɑŋ^{35} tɑŋ^{35} que^{41} lɑi^{22}：

开口把话讲：

nɑ^{31} jie^{31} lɑu^{51} – ɱ^{31} tsɑ^{33}，

你不循规矩，

nɑ^{31} jie^{31} kɑ^{41} – ɱtsɑ^{33} qɑ^{33}，

你不遵守老章法，

ɱɑu^{35} bɑu^{35} ɱen^{35} ɱu^{41} lɑi^{22}，

天公下了诏，

ɱei^{31} bɑu^{22} tɑŋ^{35} ɱu^{31} lɑi^{22}，

地爷发了令，

bɑi^{35} tɑu^{22} du^{31} ɱu^{31} lɑ^{31}，

姑妈后面跟媳妇，

sou^{33} duɱ^{41} jie^{31} lɑu^{51} ɱɑ^{24}。

才是老规章。

qɑ^{31} tsuoŋ^{24} bɑn^{31} kuo^{22} li^{35}，

阿仲回过头，

ɱɑ^{31} sɑ^{35} nɑ^{51} tsuɱ^{53} ȵi^{24}，

同妻子磋商，

niei^{25} p'ɑ^{35} və^{25} nɑ^{24} nɑ^{35}，

二人分了手，

sɑu^{33} piɑŋ^{22} sɑu^{33} tie^{25} suo^{33}。

各自走一方。

qɑ^{31} tsuoŋ^{24} ɑu^{31} ɱi^{33} jiu^{41}，

阿仲娶了舅表妹，

bɑi^{35} tɑo^{22} du^{31} k‘ɑ^{22} tsɑ^{33}；

遵循了“姑妈后面跟媳妇”；

ɤɑu^{25} ɱu^{41} suoŋ^{33} ɡuo^{33} tie^{25}，

婚后二三年，

ɱi^{35} ȵiei^{22} ɱeŋ^{31} kiɑn^{22} lɑ^{31}。

表妹带了喜。

tie^{31} ɡuo^{33} luo^{51} lɑ^{31} tɑi^{51}，

不过一春秋，

que^{33} və^{33} tie^{31} p‘ɑ^{35} ɤɑ^{35}，

生下一婴儿，

qu^{33} və^{33} biu^{31} kɑ^{22} lɑi^{22}，

贵子到人间，

ɱi^{35} jiuo^{51} fɑŋ^{24} lɑ^{31} fɑŋ^{24}。

夫妻乐洋洋。

ɤu^{35} nɑi^{35} tie^{31} ɡɑɱ^{41} ɡɑi^{22}，

那天一早晨，

que^{33} və^{33} ɱiɑn^{53} ken^{33} lɑ^{41}，

婴儿要立名，

jie^{31} ɱiɑn^{53} qɑ^{31} ȵu^{35} ɱiɑn^{51}，

取个名叫“牛”，

jiuo^{53} ɱɑi^{33} ɱi^{35} ɱɑ^{13} ɱɑi^{33}。

丈夫喜欢妻子嫌。

jie^{31} sou^{33} ɱian^{51} t‘ie^{31} niei^{31}?

取个什么名?

vuɑ^{25} ɱɑŋ^{35} qui^{35} ɣɑ^{51} tie^{24},

“猪”、“马”、“狗”、“鸡”类,

jiuo^{53} lɑu^{31} ɱi^{35} ben^{24} nɑ^{33}。

丈夫乐意妻子怨。

ɣiei^{31} lɑŋ^{24} ɱian^{51} sou^{33} t‘ie^{41},

要取河谷名,

ʤuoŋ^{35} sɑ^{33} bɑu^{33} lɑ^{41} kiɑn^{53};

却怕龙吹风;

qɑ^{31} ŋuɑ^{35} ɱian^{51} sou^{33} t‘ie^{41},

要取山坳名,

buɱ^{31} ʨi^{24} quɑi^{25} lɑ^{41} kiɑn^{53};

怕野兽来伤;

qɑŋ^{51} ʨin^{31} ɱian^{53} sou^{33} t‘ie^{41},

要取山坡名,

lɑi^{53} vuɑŋ^{24} ben^{53} lɑ^{31} kiɑn^{53};

担心大风刮;

ɱian^{53} t‘ie^{31} lɑi^{53} nɑ^{53} pɑ^{31},

名字随风去,

biu^{31} kɑ^{22} niei^{31} luo^{31} nɑ^{33}。

难得留人间。

lɑ^{31} gɑ^{51} t‘ie^{31} ɣɑ^{31} niei^{31},

男儿要代号,

ɱian^{53} ɱu^{31} ben^{24} tie^{22} ɱu^{31},

起名得思量,

tsaŋ^{53} kiei^{31} luo^{31} tsaŋ^{53} ȵa^{31},

多次来磋商，

tɕ'iei^{33} ar^{35} ɱian^{51} sou^{33} ti^{24}。

最后名叫“羊”①。

tɕ'iei^{33} ɱian^{51} tie^{25} luo^{31} tie^{25},

称“羊”自然好，

ɱi^{35} juo^{51} ɣə^{31} jiau^{31} lai^{22}。

夫妻皆欢畅。

buo^{31} kua^{22} wu^{33} tɕie^{24} gai^{22},

可惜当时在地上，

tɕ'iei^{33} jiou^{51} p'a^{22} ɱa^{13} tsaŋ^{41}。

没人饲养羊。

biu^{31} tan^{24} ɱau^{35} ȵa^{41} li^{24},

派人到天上，

tɕ'iei^{33} tie^{35} ɱa^{35} lau^{41} li^{24}。

去讨一只羊。

ɱau^{35} veni 35ɣu^{35} qan^{41} sei^{33},

天神早知道，

gun^{25} na^{51} ɱen^{35} p'iaŋ^{35} lai^{25}:

主动来开腔：

ȵu^{35} taŋ^{25} ɱuŋ^{35} p'au^{41} jiu^{31},

想拿公牛和公马，

ɱau^{35} t'a^{33} tɕi^{35} ɱaŋ^{35} diaŋ^{51};

天上牲畜不成双；

---

① 羊：彝语称“妻”或“嘈别”，喻天神所赠之物。

ɣa^{53} p'au^{31} vua^{25} taŋ^{25} ŋa^{33}，

想借公鸡和公猪，

ɱau^{35} t'a^{33} gau^{31} ʤa^{24} diaŋ^{51}；

天上家畜不成对；

tɕ'iei^{33} ts'ai^{35} na^{41} pai^{22} dau^{22}，

想借给你一只羊，

tɕ'iei^{33} ar^{35} kin^{35} tie^{25} niei^{41}，

只有那羔羊，

na^{31} tɕ'iei^{33} ar^{35} ɱai^{33} sou^{33}，

你若喜欢它，

tou^{33} paŋ^{33} ɱei^{31} t'a^{33} ei^{41}。

可以抱下去。

bai^{31} ba^{31} ɱau^{35} ven^{35} sie^{51}，

使者谢天神，

tɕ'iei^{33} ar^{35} tou^{33} tie^{22} lai^{25}，

抱着羊羔儿，

suoŋ^{33} nai^{35} suoŋ^{33} ɱin^{41} suo^{22}，

行走三昼夜，

tie^{31} luoŋ^{41} na^{53} ɣuo^{22} lai^{25}。

来到一村庄。

luoŋ^{31} guo^{31} tie^{31} qui^{33} jiei^{25}，

村庄投一宿，

buɱ^{31} t'a^{33} ka^{41} bia^{22} sou^{33}，

顺行小山路，

luoŋ^{31} bia^{22} ar^{35} sə^{41} luoŋ^{24}，

再过一山寨，

ɱa^{31} t‘aŋ^{35} ka^{41} suɱ^{53} ɣuo^{22}。

到“麻堂”路口①。

ɱa^{31} t‘aŋ^{35} ka^{41} suɱ^{53} sə^{31}，

过麻堂路口，

ɱa^{31} ʐuɱ^{35} t‘ie^{41} guo^{31} lai^{53}，

电闪雷鸣风呼叫，

jia^{33} luo^{41} tɕ‘iei^{33} jia^{33}，

可怜羊羔儿，

ɱau^{35} na^{51} niei^{31} tai^{24} ɣa^{35}，

适应仙界大气候，

biu^{31} ka^{22} ɣiei^{31} tuo^{53} – ɱɣa^{35}，

经不起风雨，

ɱa^{31} ʐuɱ^{35} t‘ie^{41} guo^{31} ʤaŋ^{24}。

雷声中挣扎。

qa^{31} tsuoŋ^{24} tɕ‘iei^{33} ar^{35} ɱiaŋ^{41}，

阿仲瞧见那羊羔，

tɕ‘iei^{33} ar^{35} sa^{33} biə^{51} na^{24}，

羊羔断了气，

qa^{31} tsuoŋ^{24} niei^{53} ȵaŋ^{31} lai^{22}，

阿仲伤透心，

ŋau^{31} t‘ie^{31} ɱei^{31} na^{31} dian^{53}。

哭声震大地。

---

① 麻堂路口：这里指距天地交界地方，亦作人与神地界。

ɱei^{31} tsɑu^{33} qɑ^{31} luoŋ^{41} p'ɑ^{22},

土地主阿龙,

ɱei^{31} ɱɑ^{22} qɑ^{31} jiɑ^{41} p'ɑ^{22},

土地娘阿牙,

qɑ^{31} tsuoŋ^{24} ŋɑu^{31} t'ie^{31} kɑ^{24},

听到阿仲大哭声,

qɑ^{31} tsuoŋ^{24} ŋɑu^{31} p'iɑŋ^{22} ɱiɑŋ^{31},

看见阿仲大哭脸,

tsɑu^{35} t'ɑi^{35} niei^{51} ȵɑŋ^{31} ɱu^{31}?

问他为何伤心?

tsɑu^{35} t'ɑi^{35} ɤɑ^{51} sou^{33} ŋɑu^{41}?

问他为何哭泣?

qɑ^{31} tsuoŋ^{24} ɱi^{35} jiuo^{51} nei^{25},

阿仲夫妻俩,

luoŋ^{41} tie^{22} jiɑ^{22} nɑ^{31} que^{31}:

禀告阿龙和阿牙:

que^{33} və^{33} ɱiɑn^{51} ɱu^{31} li^{24},

为起好男儿大名,

que^{33} və^{33} ɤɑ^{41} ɱiɑn^{53} ɱu^{31},

为立好男儿代号,

ɱɑu^{35} nɑ^{51} tɕ'iei^{33} jiu^{31} li^{24},

上天取回羊,

tɕ'iei^{33} ɑr^{35} ɱei^{31} t'ɑ^{33} niei^{41} – ɱlɑu^{41},

羔羊不愿活地上,

biu^{31} kɑ^{22} lɑi^{25} tie^{22} jiɑi^{53},

到了人间就死亡,

ŋie^{31} ɑr^{35} ɱiɑn^{51} ɱu^{31} jiɑ^{22}。
我儿起名落了空。

qɑ^{31} luoŋ^{41} tie^{22} qɑ^{31} jiɑ^{41}，
阿龙和阿牙，
qɑ^{31} tsuoŋ^{24} nɑ^{53} tɑŋ^{35} que^{41}：
对着阿仲言：
qɑ^{31} tsuoŋ^{24} nɑ^{31} ŋɑu^{41} sei^{25}，
你不必哭泣，
nɑ^{31} niei^{53} ȵɑŋ^{41} sei^{25} kɑ^{41}，
你不必心伤，
biu^{31} jiɑi^{53} lɑ^{31} ŋɑi^{24} tɑ^{33}，
人死留灵位，
vuɑ^{25} jiɑi^{51} vuɑ^{25} wu^{35} niei^{31}，
猪死留猪头，
ɣɑ^{53} jiɑi^{53} ɣɑ^{53} tuoŋ^{31} niei^{41}，
鸡死留鸡翅，
tɕ'iei^{33} jiɑi^{53} tɕ'iei^{33} k'ɑu^{41} niei^{31}，
羊死留羊角，
que^{33} ɱiɑn^{51} kɑ^{35} lɑu^{41} ʤi^{24}。
你儿名更响。

qɑ^{31} tsuoŋ^{35} tɑŋ^{35} ɱei^{35} kɑ^{35}，
阿仲听良言，

que^{33} ɱian^{51} qa^{31} kau^{41} ti^{24}。

儿子名阿考[①]。

qa^{31} kau^{41} sie^{51} jie^{33} guo^{33}，

阿考年十八，

biu^{31} ɱaŋ^{24} taŋ^{35} na^{51} ka^{24}，

顺从老人话，

vua^{25} wu^{35} tie^{31} qaŋ^{51} paŋ^{22}，

拿半边猪头，

ɤa^{53} tuoŋ^{31} tie^{31} suɱ^{41} paŋ^{22}，

一对鸡翅膀，

paŋ^{33} lai^{25} bau^{35} tsuo^{33} bai^{24}，

祭供老祖先，

jie^{31} ȵai^{33} pei^{22} k'iai^{33} kau^{51}。

驱除众恶邪。

ɱa^{31} nie^{25} k'iai^{33} vai^{35} na^{35}，

驱除了鬼邪，

biu^{31} pei^{22} ɱia^{25} buɱ^{41} ɱu^{31}。

众人进野炊。

ɱia^{35} ɱu^{31} kiai^{35} luoŋ^{35} jiu^{41}，

野炊用铜锅，

kiai^{35} luoŋ^{35} tu^{24} ɱa^{13} tsaŋ^{41}，

铜锅不在场，

qa^{31} kau^{41} kuo^{25} luoŋ^{41} li^{24}，

阿考转回村，

---

① 阿考：彝语“（羊）角”音译，意为顶头者。因为羊角在羊的头顶，故以此喻高位。

kiai^{35} luoŋ^{35} tie^{31} ɱa^{41} ŋa^{22}，

借来一铜锅，

kiai^{35} luoŋ^{35} t‘in^{41} ta^{22} li^{35}，

铜锅安上架，

sei^{53} bi^{31} jie^{31} gau^{41} duoŋ^{31}。

柴草往底装。

ɱi^{35} tie^{25} pin^{41} tie^{33} li^{35}，

一把火点上，

sei^{53} bi^{31} ɱi^{31} luoŋ^{51} li^{24}，

柴草燃上火，

ŋin^{31} sei^{53} ɱa^{31} laɱ^{35} nuo^{25}，

铁力木未燃，

jiai^{35} p‘ia^{35} na^{25} luoŋ^{51} qun^{31}，

芭芒草先燃，

ɣaɱ^{53} luoŋ^{25} ɣiei^{31} -ɱ^{13} baŋ^{51}，

铁锅水未热，

kiai^{35} luoŋ^{35} ɣiei^{31} na^{25} baŋ^{51}，

铜锅水先沸，

kiai^{35} luoŋ^{35} ɣiei^{31} qui^{31} la^{31}，

铜锅水沸腾，

ɣaŋ^{35} tsa^{33} ɱian^{33} la^{41} tai^{53}。

菜肴煮半熟。

qa^{31} kau^{41} ɣa^{33} liuɱ^{41} guo^{53}，

阿考拣块肉，

ɣɑ^{24}ɱen^{35}duoŋ^{31}ŋɑi^{53}ȵi^{24},

进嘴尝一尝,

lɑ^{31}sen^{33}bin^{41}k'i^{31}ŋuɑ^{53},

指甲变样脚生蹄,

ts'ɑi^{31}tie^{22}buɱ^{31}nɑ^{53}li^{24},

身变黄猄跑山上,

biu^{31}pei^{22}tɕi^{35}buɱ^{41}li^{24},

众人追上山,

p'ɑ^{22}p'ɑ^{22} qɑ^{31} kɑu^{41} ku^{51},

声声叫阿考,

qɑ^{31} kɑu^{41}t'ie^{41}bin^{31}lɑ^{31},

阿考声色变,

ts'ɑi^{31}liuoŋ^{22}tie^{31}kɑ^{24}lɑ^{31}。

一只黄猄腔。

ŋɑ^{31}tɑŋ^{35}tɑŋ^{35} – ɱ^{13}kɑ^{35},

我不听老人言,

jie^{31}lɑu^{51}ɱɑ^{13}ei^{22}qɑ^{33},

我不守老规矩,

ɣiei^{31}luoŋ^{22}guo^{31}ɣɑŋ^{35}ŋɑi^{53},

滚水锅里尝食物,

ɱi^{35}vən^{35}niei^{53}ɱɑ^{13}lɑu^{35}。

锅底火神不留情。

nɑi^{35}ŋɑ^{41}bin^{31}ts'ɑi^{31}tie^{22},

我今变黄猄,

nɑi^{35}ŋɑ^{31}bin^{31}vuo^{53}tie^{25},

我今归兽群,

ɣa^{31}nai^{24}ɱa^{13}li^{35}t‘a^{41},

往后的日子，

ɣa^{31}ʤaŋ^{24}ɱa^{31}li^{35}t‘a^{41},

往后的时辰，

biu^{31}saŋ^{24}jie^{31}lau^{51}ei^{22},

世人守规矩，

ɱiaŋ^{35}ɱu^{41}niei^{53}ben^{24}ɱu^{31}。

办事要心思。

qa^{31} kau^{41} kun^{25} sei^{33}la^{31},

阿考自反省，

biu^{31}pei^{22}diu^{24}biai^{53}lai^{22},

众人泪淋淋，

qa^{31} kau^{41} pai^{22}niei^{53}kuo^{25},

劝阿考转意，

wu^{35}taŋ^{35}pai^{22}ɱeŋ^{31}ban^{31}。

劝吴当回头。

qa^{31} kau^{41}que^{41}ka^{24}lai^{25},

阿考听劝告，

niei^{53}guo^{31}ɱiau^{22}ka^{53}sou^{33},

心头像猫抓，

buo^{31}kua^{22}vua^{53}tie^{22}na^{35},

只因变野兽，

kuo^{25}biu^{41}ɱu^{31}ɱa^{13}ɣa^{35}。

不可再作人。

biu^{31} ɱɑ^{13} tie^{25} qɑ^{41} tie^{25}，

不作人也罢，

tɑŋ^{35} tie^{25} buŋ^{41} ŋɑi^{24} tɑ^{33}：

留下一腔话：

ŋɑ^{31} jie^{31} lɑu^{51} – ɱtsɑ^{33} qɑ^{33}，

是我不守章，

dɑu^{35} lɑ^{41} qɑ^{31} ɱɑ^{13} tie^{25}，

后悔也枉费，

ɣɑ^{31} nɑi^{24} kuŋ^{31} kɑu^{24} ɣuo^{25}，

往后跳弓节，

tɑ^{31} kɑ^{25} ɣɑŋ^{35} jiuŋ^{41} t‘ɑ^{31}，

弓场用菜肴，

ŋie^{25} sɑi^{51} jiuŋ^{31} ɣɑ^{31} niei^{31}，

我身有用场，

ŋie^{31} ɣɑ^{33} jiuŋ^{41} ɣɑ^{31} niei^{31}，

我肉用得上，

ʤɑu^{35} ɱɑŋ^{35} vuɑ^{53} tsɑu^{31} li^{24}，

父老去打猎，

ŋɑ^{31} tsuŋ^{24} pɑŋ^{35} kuo^{25} lɑ^{41}，

请把我猎回，

ŋie^{25} sɑi^{51} ŋie^{25} ɣɑu^{35} pɑŋ^{33}，

我以我身骨，

luoŋ^{31} guo^{31} biu^{31} pei^{22} bɑi^{25}。

回报众老乡。

qɑ^{31} kɑu^{41} sou^{33} que^{41} lɑi^{22}，

听罢阿考言，

biu^{31} pei^{22} niei^{53} guo^{31} tai^{53}。

众人记心上。

kau^{35} buŋ^{41} guoŋ^{31} kau^{24} ɣuo^{25}，

世代跳弓节，

vua^{53} tsau^{31} jie^{31} lau^{51} tie^{22}，

打猎成规矩，

ts'ai^{31} ɣa^{22} tsau^{31} paŋ^{22} la^{31}，

打得黄猄肉，

paŋ^{33} la^{41} ʤuɱ^{35} gau^{41} bai^{24}。

回来敬老祖。

lau^{53} –ɱ^{24} que^{41} biu^{31} –ɱsei^{33}，

不说规矩人不晓，

lau^{53} que^{31} niei^{53} niei^{31} sa^{53}。

说了规矩心明亮。

ɣa^{31} nai^{24} ɱa^{31} li^{35} t'a^{41}，

往后的日子，

ɣa^{31} ʤaŋ^{24} ɱa^{31} li^{35} ta^{41}，

往后的时辰，

ʤiu^{35} ɱiaŋ^{41} biu^{31} ar^{22} pei^{25}，

彝家世代人，

ɱiaŋ^{35} ɱu^{41} jie^{31} lau^{51} tsa^{25}。

行事循规章。

二十一、彝家世代祖

[ɱiɑŋ^{31} bɑu^{35} tsuo^{33} ɣɑ^{41} que^{31}]

国际音标：ʤɑu^{35}ɱɑu^{35}tu^{35}t‘uoŋ^{41}tɑ^{22}，

意　　译：祖公创规矩，

ɱɑŋ^{35}ɱɑu^{35}kɑ^{41}ʤɑ^{53}tɑ^{22}，

祖婆开大路，

pie^{53}p‘ɑ^{22}guo^{25}lɑ^{41}t‘ɑ^{31}，

祭司出门归，

bɑu^{13}tsuo^{33}gɑu^{41}ɱen^{35}p‘iɑŋ^{35}。

对祖灵开腔。

bɑu^{13}tsuo^{33}ɣɑ^{41}que^{31}li^{24}，

要说我祖先，

tie^{31}tɕ‘iɑn^{22}guo^{33}que^{41}sɑŋ^{24}，

得数上千年，

tie^{31}tɕ‘iɑn^{22}guo^{33}que^{31}－ɱɥun^{41}，

千年说不完，

tie^{31}ʤ‘iɑn^{22}guo^{33}dɑɱ^{31}－ɱɥun^{41}。

千年道不尽。

bɑi^{31}bɑ^{31}ŋɑ^{31}tɑi^{53}len^{53}，

谅我记忆差，

tɑi^{53}ɣɑ^{31}－ɱpu^{35}ŋɑ^{41}－ɱsie^{51}，

记不清我不唱，

ban^{24} – ɱluo^{51} ŋa^{31} – ɱque^{41}，

想不到我不说，

tu^{31} ar^{35} p‘a^{22} tai^{53} la^{31}，

记着哪一个，

ŋa^{31} tu^{35} ar^{35} p‘a^{22} que^{31}，

我就说一说，

ben^{24} tie^{25} tsau^{35} buoŋ^{41} ɤuo^{22}，

想到哪一代，

ŋa^{31} tsau^{35} buoŋ^{41} tie^{25} sie^{51}。

我就唱一唱。

ɱau^{35} gau^{41} biu^{31} niei^{31} ɱa^{22}，

天下自有人，

ɤu^{31} na^{25} p‘a^{22} qa^{31} lou^{33}。

阿喽头一个。

qa^{31} lou^{33} ɱei^{41} t‘a^{33} niei^{41}，

阿喽到地上，

ɱau^{35} tie^{22} ɱei^{31} k‘a^{22} tie^{25}，

天地才开张，

ɤiei^{31} ɱa^{24} jia^{31} k‘iai^{24} lai^{25}，

河道他开辟，

jia^{53} ɱei^{31} jia^{31} ʥau^{24} lai^{25}。

土地他开创。

jie^{31} ʨ‘ian^{22} jie^{31} fan^{41} la^{31}，

千首万首歌，

jia^{31} ɤu^{35} na^{25} sie^{51} la^{25}，

是他启头唱，

jie^{31} tɕ‘ian^{22} jie^{31} fan^{41} liei^{25},

千道万道理,

jia^{31} na^{25} que^{41} ta^{22} bau^{31},

是他先提倡,

biu^{31} buoŋ^{31} bau^{35} tsuo^{33} bie^{51},

世人唱祖先,

jie^{25} ɤa^{41} ɤu^{35} na^{25} bie^{51}。

先得把他念。

lou^{33} ɤa^{41} ɱa^{13} bie^{51} t‘a^{31},

不念老阿喽,

jie^{31} ŋui^{33} ɤa^{51} ɱa^{13} p‘u^{35},

就找不到根,

lou^{33} ɤa^{41} ɱa^{31} bie^{51} duoŋ^{24},

不唱老阿喽,

ɤiei^{31} ka^{31} ɤa^{53} ɱa^{13} p‘u^{35}。

就找不到源。

jie^{31} ŋui^{33} ɤa^{51} p‘u^{22} na^{31},

找到了根基,

jie^{31} ka^{41} ɤa^{53} p‘u^{22} na^{31},

找到了根源,

jie^{31} luoŋ^{35} k‘a^{22} que^{31} lai^{22},

再分说茎秆,

jie^{31} ka^{33} k‘a^{22} que^{31} lai^{22}。

再分说支流。

qɑ^{31}lou^{33}lɑŋ^{33}qɑ^{33}lɑi^{25}，
阿喽生阿朗，
qɑ^{31}lɑŋ^{33}kɑu^{35}buoŋ^{41}ie^{25}，
阿朗活九代，
qɑ^{31}gu^{24}qɑ^{33}lɑi^{25}ʐɑ^{35}，
生下了阿谷，
qɑ^{31}gu^{24}ʤiu^{35}ɱiɑŋ^{41}bɑu^{35}。
阿谷是彝祖。

ɱɑu^{35}gɑu^{41}ɱei^{31}t‘ɑ^{33}ɱɑ^{22}，
自从天地间，
qɑ^{31}gu^{24}p‘iɑŋ^{35}ɱiɑŋ^{41}nɑ^{24}，
阿谷见了面，
ʤiu^{35}ɱiɑŋ^{41}jie^{31}buoŋ^{41}biu^{31}，
世代彝家人，
ŋun^{35}nɑ^{51}bɑu^{35}tsuo^{33}niei^{41}。
有了自家祖。

qɑ^{31}gu^{24}ɱɑu^{41}qɑ^{33}lɑi^{25}，
阿谷生阿毛，
qɑ^{31}ɱɑu^{41}biu^{31}kɑ^{22}ɣuo^{22}，
阿毛到人间，
ɱiɑŋ^{31}ʤiu^{35}niei^{25}buoŋ^{41}bɑu^{35}，
彝家二代祖，
ɱɑu^{35}ɱuoŋ^{51}liɑŋ^{22}p‘ɑ^{35}biu^{31}，
这位持剑人，

qɑ^{31} ɱɑu^{41} ʐei^{25} qɑ^{33} lɑi^{25},
阿毛生阿垒,
jiɑ^{31} ɱɑ^{31} ʐei^{25} sei^{51} pɑŋ^{22},
他带炸花木,
pɑŋ^{33} tie^{22} biu^{31} kɑ^{22} lɑi^{25},
来到了人间,
ɱɑ^{31} ʐei^{25} ɱi^{33} diɑŋ^{51} lɑ^{31},
炸花放火花,
tʻi^{35} tʻɑ^{33} wɱ^{41} lɑ^{31} wɱ^{31}。
满屋暖烘烘。

qɑ^{31} ʐei^{25} tɑu^{22} qɑ^{31} lie^{41},
阿垒后代是阿列,
qɑ^{31} lie^{41} ɱɑ^{31} liɑɱ^{51} pɑŋ^{22},
阿列掌的是竹片,
ɱɑ^{31} liɑɱ^{51} biɑ^{35} ti^{24} qɑ^{31},
莫说竹片小,
tsʻɑŋ^{51} ɱu^{31} ɱi^{31} ɣuoŋ^{35} tuo^{51}。
围得篱笆种金竹。
ɱi^{31} ɣuoŋk^{35} tɕʻie^{41} ɱɑ^{31} bie^{51},
金竹不断根,
ɱi^{31} ɣuoŋ^{35} pʻiɑ^{35} ɱɑ^{13} biɑu^{41},
金竹不落叶,
guo^{33} guo^{33} ɱi^{31} ɣuoŋ^{35} lɑi^{24},
年年祭金竹,
guo^{33} guo^{33} sɑ^{41} ɣɑ^{31} niei^{31}。
年年有洪福。

tɕʻian^{22} ɤau^{25} ɱi^{35} ɤuoŋbai^{24},

千家祭金竹,

tɕʻian^{22} ɤau^{35} bau^{35} tsuo^{33} bai^{41}。

千家敬老祖。

ka^{31} bau^{41} ɣu^{35} buoŋ^{41} gai^{22},

当初的年代,

dai^{35} ka^{33} tu^{35} tie^{25} niei^{41}。

与客族①相处。

ɱau^{35} ɱei^{41} ɱau^{35} guo^{33} dan^{22},

天地伴年岁,

ɱau^{35} la^{33} ɱau^{35} ʤie^{24} pa^{31},

日月送时光,

ɱau^{35} gau^{41} tsau^{35} jiau^{35} fan^{41},

天下万类物,

jie^{31} xau^{41} tu^{35} tie^{25} niei^{41},

群类共汇聚,

ɱei^{31} tʻa^{33} biu^{41} pei^{22} ɱa^{22},

地上的人类,

sau^{33} kʻa^{41} sau^{33} ʤuoŋ^{25} niei^{31}。

各自立民族。

jie^{31} ʤuoŋ^{41} bie^{31} lai^{22} na^{35},

分出了民族,

① 客族:泛指本民族以外的所有民族。

jie^{31} ʤuoŋ^{25} bie^{41} lɑi^{22} luoŋ^{35} ,

还要分宗族，

tie^{31} ɱei^{41} tu^{35} tie^{25} niei^{41} ,

相处一地盘，

ɤiei^{31} buo^{53} və^{25} que^{22} dɑŋ^{31} ,

同饮一口泉，

ei^{35} sie^{51} ʤuoŋ^{22} duoŋ^{35} niei^{41} ,

姓氏几十样，

ɱɑu^{35} que^{33} t‘i^{35} ɱɑ^{13} que^{33} 。

共天不共堂。

ɱɑ^{31} guo^{22} lɑ^{31} ɤu^{35} ɱu^{41} ,

先头是麻科，

ɱɑ^{41} guo^{22} lɑ^{31} ɤu^{35} lɑi^{22} 。

麻科排头行。

luoŋ^{31} kɑ^{53} qiŋ^{53} lɑ^{31} qiŋ^{51} ,

寨子宽又广，

ɱɑ^{41} guo^{22} piɑŋ^{51} t‘ɑ^{33} suoŋ^{41} 。

麻科在左上。

tu^{31} lɑi^{35} jie^{25} tɑu^{22} pɑ^{31} ,

接着是“都来”，

tu^{31} lɑi^{35} niei^{25} k‘ɑ^{22} tie^{25} :

都来分两帮：

tie^{41} k‘ɑ^{22} tu^{35} lɑi^{35} nɑ^{51} ,

一是黑都来，

tie^{41} k‘ɑ^{22} tu^{35} lɑi^{35} nie^{51} 。

二是红都来。

pei^{22}su^{31}tu^{24}lai^{35}qun^{41}，

同是都来姓，

sau^{33}ka^{41}sau^{33}ŋui^{33}niei^{41}，

各有老根基，

guo^{33}duo^{51}bau^{35}bai^{24}nai^{35}，

开年祭祖日，

sau^{33}bau^{35}sau^{33}tie^{25}pai^{51}。

各拜各的祖。

tu^{31}lai^{35}tau^{22}ɱa^{13}ʐeŋ^{24}，

黎氏后梁氏，

la^{31}vuaŋ^{24}və^{25}dan^{22}lan^{25}，

王氏同路来，

la^{31}vuaŋ^{24}qaŋ^{53}ʥin^{31}niei^{31}，

腊王①在坡上，

qui^{33}gaŋ^{41}tʻi^{35}ʥuoŋ^{41}sie^{51}，

早晚唱家谱，

tʻie^{31}ka^{24}lai^{35}biaŋ^{22}ka^{35}。

声音传四方。

ʥie^{35}ka^{51}ɱa^{31}ʐeŋ^{24}niei^{31}，

左右有梁氏，

ɱa^{31}ʐeŋ^{24}qaŋ^{53}dan^{24}niei^{31}，

梁氏在山梁，

qaŋ^{53}dan^{24}tie^{22}qaŋ^{51}tɕʻin^{31}，

山梁与坡面，

---

① 麻科、都来、麻仍、腊王：分别指科姓、黎姓、梁姓和王姓。相传这几个大姓是进入广西那坡最早并于达腊寨驻扎的家族。

niei^{25} biaŋ^{33} suo^{53} la^{31} iaŋ^{31}。

恰是两相望。

kiei^{31} tau^{22} ɱa^{41} tsa^{22} niei^{31}，

还有那麻楂①，

ɱa^{31} tsa^{22} tie^{31} ɤau^{25} ɱu^{41}。

麻楂另立户。

ɱa^{41} tsa^{22} tau^{22} ɱa^{31} ta^{22}，

麻楂同路是麻打，

ɱa^{41} ta^{22} baŋ^{35} la^{31} ŋan^{35}，

麻打邻居是腊安，

jie^{33} ʤuoŋ^{25} tie^{31} luoŋ^{41} niei^{31}。

七家八姓同寨居。

sau^{33} k'a^{22} bie^{53} ɱa^{31} niei^{31}：

家族各异词有别：

ɱa^{31} guo^{22} ka^{31} t'uoŋ^{31} bie^{53}，

麻科唱开路，

tu^{24} lai^{35} jia^{53} ɱia^{24} bie^{53}，

都来唱开荒，

la^{31} vuaŋ^{24} p'a^{31} tuɱ^{24} bie^{53}，

腊王唱布匹，

ɱa^{31} ʐeŋ^{24} ga^{33} ʤi^{41} bie^{53}，

麻仍唱米酒，

ɱa^{31} tsa^{22} na^{35} kiai^{35} bie^{53}，

麻楂唱开田，

---

① 麻楂、麻打、腊安：分别为方姓、罗姓和颜姓。

ɱɑ^{31} tɑ^{22} sɑi^{33} vɑ^{35} bie^{51}，

麻打唱竹木，

lɑ^{31} ŋɑn^{24} tɕi^{35} ɱɑŋ^{35} bie^{51}，

腊安唱牲畜，

ŋɑi^{35} pei^{22} ɣɑ^{52} k‘ɑ^{22} bie^{51}。

余下唱家禽。

ŋɑ^{35} p‘ɑ^{35} bɑu^{35} tsuo^{33} ɱɑ^{22}，

三五个祖宗，

jie^{33} ʤuoŋ^{41} xuo^{31} tsuoŋ^{25} ɱɑ^{22}，

七八样家族，

tu^{35} tie^{25} qɑ^{41} oŋ^{53} lɑi^{22}，

出自一故土，

buoŋ^{25} lɑi^{25} sɑu^{33} kɑ^{41} sɑu^{33}。

迁徙不同道。

tie^{31} tɕ‘iɑn^{22} ɡuo^{33} bɑu^{35} tsuo^{33}，

千年老祖宗，

jiɑ^{51} buoŋ^{31} bie^{53} p‘ɑ^{22} pei^{22}，

百代的祭司，

buoŋ^{31} buoŋ^{31} jie^{31} ʤuoŋ^{25} tɑ^{24}，

世世叙族谱，

buoŋ^{31} buoŋ^{31} ʤiuŋ^{35} ɱɑŋ^{35} bie^{51}。

代代诵老祖。

二十二、王梁五十世

[la^{53} vuaŋ^{24} ɱa^{31} ʑəŋ^{24} ŋa^{35} sie^{51} buoŋ^{31}]

国际音标：tɕʻian^{22}baŋ^{31}buɱ^{31}kaŋ^{22}sə^{31}，

意　　译：跨过千丛山，

vɑn^{41}tsɑn^{51}ɣiei^{31}ɱa^{24}sə^{31}，

渡过万道河，

nɑ^{33}ɣɑ^{41}jiɑ^{51}pu^{31}gɑ^{31}m^{24}，

辗转几千里，

pɑ^{33}tɑŋ^{24}buɱ^{31}gɑ^{31}nɑ^{24}，

落脚巴堂山①，

buɱ^{31}gɑu^{31}lɑ^{35}liɑ^{35}luoŋ^{31}，

山下达腊坡，

lɑ^{31}liɑ^{41}sie^{51}dsuoŋ^{25}niei^{41}。

坡上几大族。

lɑ^{31}vuɑŋ^{24}tie^{31}ʤuoŋ^{25}ɱɑ^{22}，

腊王一家世，

bɑu^{35}tsuo^{33}ei^{35}sie^{51}buoŋ^{31}：

立过几十祖：

ɣu^{35}buoŋ^{41}luo^{31}dɑi^{35}tɑu^{51}，

头祖是代道，

---

① 巴堂山：亦称巴当山，山名，位于今广西那坡达腊彝寨后顶，相传彝族先民进入广西后第二个落脚点。第一个落脚点为那坡感驮岩，即今那坡县人民公园。

niei^{25} buoŋ^{41} luo^{31} dɑi^{35} quɑŋ^{51}，

二祖是代晃，

suoŋ^{33} buoŋ^{41} luo^{41} dɑi^{35} k‘iŋ^{51}，

三祖是代庆，

lɑi^{35} buoŋ^{41} bɑu^{35} dɑi^{35} len^{51}，

四祖是代论，

ŋɑ^{35} buoŋ^{41} bɑu^{35} dɑi^{35} ten^{33}，

五祖是代登，

k‘uo^{33} buoŋ^{41} bɑu^{35} dɑi^{35} sɑŋ^{51}，

六祖是代尚，

ɤiei^{33} buoŋ^{41} bɑu^{35} dɑi^{35} ts‘ɑŋ^{33}，

七祖是代昌，

jie^{33} buoŋ^{41} bɑu^{35} dɑi^{35} tɑŋ^{33}，

八祖是代当，

kɑu^{35} buoŋ^{41} bɑu^{35} dɑi^{35} k‘unı 51，

九祖是代困，

sie^{51} buoŋ^{31} bɑu^{35} dɑi^{35} ku^{51}，

十祖是代固，

sie^{51} tie^{31} buoŋ^{31} dɑi^{35} k‘iuoŋ^{41}，

十一是代穷，

sie^{51} niei^{25} buoŋ^{31} dɑi^{35} vei^{51}，

十二是代位，

sie^{51} suoŋ^{33} buoŋ^{31} dɑi^{35} luo^{41}，

十三是代罗，

sie^{51} lɑi^{35} buoŋ^{31} dɑi^{35} xiŋ^{22}，

十四是代杏，

sie^{51} ŋɑ^{35} buoŋ^{31} dɑi^{35} pʻɑu^{51}……

十五是代砲……

suoŋ^{33} sie^{51} ɱɑ^{22} dɑi^{31} ji^{51}，

三十是代玉，

suoŋ^{33} sie^{51} tie^{31} ɑr^{35} xiɑn^{51}，

三十一阿现，

suoŋ^{33} sie^{51} niei^{25} pʻɑ^{35} ȶʻiɑŋ^{41}……

三十二阿祥……

lɑi^{35} sie^{51} kɑu^{35} pʻɑ^{35} vuɑŋ^{51}。

四十九阿旺。

que^{31} tie^{22} ɱɑ^{41} ʐeŋ^{24} lɑi^{22}，

再说梁氏孙，

ɱɑ^{41} ʐeŋ^{24} kɑu^{35} sie^{51} buoŋ^{31}，

梁氏几十辈，

nɑi^{35} ɱɑ^{22} qɑ^{31} sɑu^{33} bie^{51}？

当今谁诵经？

sɑu^{33} pʻɑ^{22} bɑu^{31} tsuo^{33} bɑi^{24}？

谁来祭老祖？

ɱɑu^{35} sou^{33} pʻɑi^{41} tɑ^{22} lɑi^{25}，

天公来安排，

ɱei^{31} tsɑu^{33} ɱen^{35} piɑŋ^{35} lɑi^{25}，

地娘来开言，

pʻɑi^{31} tie^{22} nɑi^{35} nɑ^{51} ɣuo^{22}，

排到这一辈，

qɑ^{31} jiou^{33} bie^{53} pʻɑ^{22} ɱu^{31}。

阿优我诵词。

ɣu^{35} luo^{41} bɑu^{31} lie^{41} fen^{22}，

头道祭阿列，

niei^{25} tɑu^{51} qɑ^{31} tsɑŋ^{33} fen^{22}，

二道祭阿章，

suoŋ^{33} tɑu^{51} qɑ^{31} ʨin^{33} fen^{22}，

三道祭阿津，

lɑi^{35} tɑu^{51} qɑ^{31} tu^{24} fen^{25}，

四道祭阿读，

ŋɑ^{35} tɑu^{51} qɑ^{31} ɱɑ^{41} fen^{22}，

五道祭阿麻，

kuo^{33} tɑu^{51} qɑ^{31} beŋ^{33} fen^{22}，

六道祭阿崩，

ɣiei^{33} tɑu^{51} qɑ^{31} p‘ɑ^{51} fen^{22}，

七道祭阿帕，

jie^{33} tɑu^{51} qɑ^{31} k‘iɑu^{41} fen^{22}，

八道祭阿桥，

kɑu^{35} tɑu^{51} qɑ^{41} bɑu^{22} fen^{25}，

九道祭阿包，

bɑu^{22} ɣɑ^{31} lɑi^{35} sie^{51} kɑu^{24}，

阿包后面四十九，

lɑi^{35} sie^{51} buoŋ^{31} ɱɑ^{31} ʐeŋ^{24}，

四十九梁氏，

lɑi^{35} sie^{51} ɱɑ^{41} ʐeŋ^{24} ʤuɱ^{35}，

四十代梁祖，

jiu^{31} ven^{35} ɱu^{41} li^{24} nɑ^{35}，

他们已归仙，

ŋa^{31}tai^{53}ɣa^{31}ɱa^{13}p‘u^{33}，

恕我忘事多，

jiu^{31}ɱian^{53}t‘ie^{31} – ɱ^{13}qun^{41}。

道不清大名。

tsau^{35}t‘ai^{35}ŋa^{41}ba^{31}fen^{22}？

为何我开腔？

tsau^{35}t‘ai^{35}ŋa^{41}ba^{31}fen^{22}？

为何我敬奉？

taŋ^{35}guo^{51}ŋie^{31}ʤuɱ^{31}t‘ie^{41}，

禀告我老祖，

ŋie^{25}ʤuɱ^{35}na^{51}ba^{31}fen^{22}。

敬祭我祖宗。

ŋie^{31}t‘i^{35}tiaŋ^{41}ga^{24}na^{53}，

自家门堂里，

ŋie^{31}t‘i^{35}na^{31}xaɱ^{24}gau^{31}，

自家祖堂前，

ŋa^{31}taŋ^{35}guo^{51}ʤuɱ^{35}t‘ie^{41}：

我对老祖说端详：

sa^{31}ɱi^{35}t‘i^{35}t‘a^{33}ɱa^{22}，

阿米家庭里，

sa^{31}ɱi^{35}din^{41}ɣa^{31}ɱu^{31}，

为阿米立位，

ŋa^{31}jie^{25}ɣa^{41}ɱau^{35}bie^{51}，

我为她诵词，

ŋa^{31}jie^{25}ɣa^{41}la^{31}ʐau^{24}。

我为她招魂。

ɱɑu^{35}bie^{51}jie^{31}ŋui^{33}ɣuo^{22}，

诵词诵到根，

lɑ^{31}sie^{51}jie^{31}wu^{35}luo^{53}，

唱歌唱到头，

ɱi^{35}lɑ^{41}ʐɑu^{24}kuo^{25}lɑ^{41}，

招回阿米魂，

jie^{31}ɣɑ^{31}kɑ^{31}wu^{35}niei^{31}。

立位在灶头。

ʥuɱ^{35}ɱɑŋ^{35}nɑ^{51}bɑ^{31}ɣɑ^{53}，

多蒙老祖宗，

ŋie^{31}t'ɑ^{33}ɱɑi^{35}ɱu^{31}ɣɑ^{53}，

保佑我平安，

din^{31}li^{24}jie^{41}tɕie^{24}ɱin^{31}，

立位逢良机，

lɑ^{31}ʐɑu^{24}jie^{31}nɑi^{35}niɱ^{41}，

招魂遇吉日，

sɑ^{31}ɱɑ^{35}din^{41}ɣɑ^{31}p'ou^{22}，

立得妇人位，

sɑ^{31}ɱɑ^{35}lɑ^{41}ʐɑu^{24}ɣɑ^{35}。

招回妇人魂。

t'i^{3}sɑi^{51}niei^{53}tɑi^{53}ɱu^{31}，

主家盛情待，

t'i^{35}sɑi^{51}liei^{25}ʥɑ^{35}ɱiɑ^{35}。

主家厚礼酬。

ŋɑ^{31}niei^{51}pɑŋ^{33}tie^{22}lɑ^{31}，

我载情意归，

ŋɑ^{31}liei^{25}ʤɑ^{35}pɑŋ^{33}lɑ^{41}。

我带礼物回。

vuɑ^{25}wu^{35}ʤum^{35}mɑŋ^{35}fen^{22}，

猪头敬老祖，

mia^{25}buŋ^{35}ʤum^{35}mɑŋ^{35}fen^{22}，

糯饭敬老祖，

ɣɑ^{53}ɣɑ^{22}ʤum^{35}mɑŋ^{35}fen^{22}，

鸡肉敬老祖，

p'ɑ^{31}ɣei^{35}ʤum^{35}mɑŋ^{35}fen^{22}。

新布敬老祖。

……

（正式吟唱时一一点齐所有的礼物）

jie^{31}biɑm^{41}ʤum^{35}mɑŋ^{35}bɑi^{24}，

为老祖供餐，

sɑ^{35}ʤɑ^{35}ʤum^{35}mɑŋ^{35}bɑi^{22}，

为老祖供食，

mɑ^{41}tɑ^{24}ʤuŋ^{31}mɑ^{13}sei^{33}，

不说不知道，

tɑ^{24}lɑi^{25}ɣuo^{25}lɑ^{41}qun^{31}。

说了要到齐。

guo^{33}ɣiei^{33}tuo^{51}ŋɑ^{31}bie^{53}，

年节我来诵，

ei^{31}lɑ^{31}ŋɑ^{31}t'uo^{33}tɑ^{24}，

进出我来说，

ɱau^{35}t‘a^{33}lai^{35}sie^{51}taŋ^{31}，

上界四十层，

ɤu^{3535}ʤuŋ^{35}ŋa^{35}sie^{51}buoŋ^{31}，

上祖五十代，

ŋie^{31}ʤuŋ^{35}ŋa^{41}ta^{24}lai^{25}，

我祖我来诵，

ŋie^{31}ʤuŋ^{35}ŋa^{41}fen^{25}la^{41}。

我祖我来供。

jia^{51}buoŋ^{31}ʤuŋ^{35}ɤa^{41}ta^{24}，

诵祖诵百世，

ts‘ian^{22}buoŋ^{31}ʤuŋ^{35}tau^{22}bai^{24}。

供祖供千代。

nai^{35}luo^{31}ŋa^{31}ta^{24}lai^{25}，

今儿我来诵，

nai^{35}luo^{41}ŋa^{31}fen^{25}la^{41}，

今儿我来供，

ɤa^{31}naitie^{24}tie^{25}ar^{35}niei^{41}，

往后有孝儿，

ɤa^{31}ʤaŋ^{24}tie^{25}lai^{35}niei^{41}，

往后有孝孙，

tie^{25}ar^{35}jie^{33}sie^{51}buoŋ^{31}，

孝子八十辈，

tie^{25}lai^{35}kau^{35}sie^{35}buoŋ^{31}，

孝孙九十代，

ʤuŋ^{35}ɤa^{41}tai^{53}kau^{35}buoŋ^{41}，

辈辈不忘祖，

ʤuɱ^{35} tɑu^{22} bɑi^{24} sie^{51} buoŋ^{31}。

代代供先祖。

二十三、再请山主

[buɱ^{31} tsɑu^{31} tɕ'i^{35}]

国际音标：jiuo^{53} ɑr^{22} nɑɱ^{53} ɑr^{22} pei^{22}，

意　　译：后生和姑娘，

buɱ^{31} nɑ^{53} jiɑ^{53} ɱiɑ^{24} li^{35}，

上山去开荒，

piɑ^{33} qou^{33} ɱiɑ^{25} ʤɑŋ^{35} tin^{41}，

摘下树叶垫午饭，

ɱiɑ^{31} ʤɑŋ^{35} ts'ɑu^{41} tɕian^{53} ŋɑɱ^{24}，

午饭带有酸甜香，

qɑ^{31} luoŋ^{41} qɑ^{31} jiɑ^{41} nɑ^{53}，

去问阿龙和阿牙，

bɑu^{31} ɱɑ^{22} die^{35} qiei^{33} ŋɑɱ^{41}。

原是酒曲带醇香。

sei^{53} p'iɑ^{22} qou^{33} die^{35} ɱu^{41}，

摘那树叶做酒饼，

die^{35} pɑŋ^{33} ɱiɑ^{25} nɑ^{51} ȵɑu^{25}，

酒饼掺米饭，

jie^{33} jiɑ^{33} jiei^{25} tɑ^{33} ɱɑ^{22}，

酿了八昼夜，

gɑ^{33} ɱei^{35} siɑu^{22} tuo^{53} lɑi^{22}。

熬出了美酒。

nai^{35} ɱa^{22} ɡa^{33} ɱei^{25} ɱu，

今日酿美酒，

tsau^{35} t‘ai^{35} ɤa^{41} sou^{33} ɱu^{41}？

为的是哪桩？

t‘i^{35} ɤei^{33} suo^{51} ɤa－ɱŋai^{33}，

不是建新屋，

t‘i^{35} vuaŋ^{41} ɤa^{31} －ɱŋai^{33}。

不是贺新房。

ɱin^{31} ɱa^{22} ɱeŋ^{31} ɤei^{33} ba^{51}，

今夜换新装，

nai^{33} t‘a^{41} ta^{31} ka^{25} li^{24}，

明日上舞场，

ɡuoŋ^{31} kau^{24} van^{53} nai^{24} ɱa^{22}，

孔稿的日子，

bau^{35} lai^{35} tu^{35} tie^{25} niei^{41}。

老少聚一堂。

biu^{31} pei^{22} ʤuɱ^{35} ɱaŋ^{35} fen^{22}，

众人敬祖先，

buɱ^{31} ven^{24} na^{25} fen^{22} bau^{31}，

先得敬山神，

buɱ^{31} k‘a^{22} lai^{35} tsau^{33} niei^{41}，

山有四面主，

lai^{35} tsau^{33} sou^{33} fen^{22} qun^{31}。

四面都敬祭。

ɱia^{25} buoŋ^{35} niei^{25} bian^{22} niei^{31}，

糯饭有两包，

ɣɑ^{33}liuŋ^{51}lɑi^{35}ʐə^{51}niei^{31},

肉丁有四串,

buŋ^{31}lɑi^{35}piɑŋ^{33}fen^{25}。

祭祀四面山。

bɑu^{31}kuŋ^{33}buŋ^{41}ɱɑ^{13}sei^{33},

无论布根山,

nie^{25}ɣuŋ^{24}buŋ^{31}ɱɑ^{13}sei^{33},

无论妖王山,

ɑr^{22}tɑŋ^{35}buŋ^{31}ɱɑ^{13}sei^{33},

无论那坡山,

duŋ^{35}buŋ^{41}buŋ^{31}ɱɑ^{13}sei^{33},

无论者仲山,

buŋ^{31}tsɑu^{33}nɑ^{31}buŋ^{31}tsɑu^{33},

山主呀山主,

ŋai^{53}lai^{22}nu^{31}ŋai^{53}lai^{22}。

请来尝一尝。

buŋ^{31}ven^{24}nu^{31}ŋai^{53}lai^{22},

山神尝一尝,

buŋ^{31}ven^{24}nu^{31}dɑŋ^{31}lai^{22},

山神饮一饮,

sɑ^{35}buo^{51}dɑŋ^{31}buo^{53}nɑ^{24},

吃饱又喝足,

ŋu^{31}luoŋ^{31}ɣuoŋ^{53}p‘ɑ^{22}ɱu^{31}。

保护我村庄。

luoŋ^{31} ka^{53} ɣuoŋ^{53} pʻa^{22} niei^{31}，

村庄得保护，

jie^{31} ɱaŋ^{35} jie^{31} bia^{35} ɣə^{41}，

老少喜洋洋，

buɱ^{31} ven^{24} na^{53} ɱei^{35} que^{41}，

向山神请安，

biuɱ^{31} jiau^{35} tie^{25} ɣa^{41} ɱu^{31}。

人人求安康。

二十四、变态的后生
[la^{31} ga^{51} qa^{31} lan^{35} pʻa^{22}]

国际音标： lai^{35} la^{33} kau^{35} wu^{33} nai^{24}，

意　　译： 四月初九日，

sie^{51} diau^{31} vua^{25} ba^{53} sai^{33}，

宰杀百斤猪，

la^{31} ɱuo^{22} jie^{25} lioŋ^{22} jiu^{31}，

腊摩取喉管，

sa^{31} naɱ^{35} jie^{25} pʻi^{41} jiu^{31}。

萨喃取板骨。

vua^{25} niei^{51} kian^{33} niei^{25} luɱ^{22}，

猪胸分两节，

la^{31} ɱuo^{22} ɣu^{35} luoɱ^{22} jiu^{31}，

腊摩取前段，

sa^{31} naɱ^{35} ɣa^{41} luoɱ^{22} jiu^{31}，

萨喃拿后节，

bie^{53} pei^{22} ben^{24} və^{25} ɱin^{41}。

祭司同心思。

kuoŋ^{35} vei^{33} kuoŋ^{35} ʐiei^{22} niei^{22}，

麻弓两兄弟，

vuɑ^{25} ŋuɑŋ^{33} k‘ɑ^{22} ɣɑ^{33} suɱ^{25}，

掌管猪胫肉，

vuɑ^{25} ɣuo^{25} p‘iɑ^{51} lɑi^{22} t‘ɑ^{31}，

剖开猪内脏，

vuɑ^{25} biɑɱ^{51} jie^{25} ȵuo^{22} jiu^{31}。

猪肺归他俩。

tsɑu^{35} t‘ɑi^{35} vuɑ^{35} quɑŋ^{33}？

为何管猪胫？

tsɑu^{35} t‘ɑi^{35} vuɑ^{25} biɑɱ^{51} jiu^{31}？

为何取猪肺？

wu^{31} ɡuo^{41} jie^{31} ɣɑ^{41} niei^{31}，

内中有缘由，

que^{31} lɑi^{22} tɑŋ^{35} ʤɑ^{35} ɱuoŋ^{51}。

说来话头长。

ɣu^{35} ɡɑi^{22} lɑ^{31} ɡɑ^{51} p‘ɑ^{35}，

先头一后生，

ɱɑ^{31} kuŋ^{35} vei^{33} ɱu^{41} li^{24}，

当了大麻弓，

lɑ^{33} k‘iei^{41} qiɑn^{53} ɱɑ^{22} vɑn^{31}，

穿着高脚裤，

ta^{31} ka^{25} t‘a^{33} ɣuo^{22} lai^{25}，

来到舞坪上，

tie^{25} lai^{25} k‘a^{22} jia^{31} – ŋɱu^{41}，

不学正经事，

ŋuo^{53} ŋaŋ^{53} wu^{31} sou^{33} ɱu^{31}，

做出怪模样，

kiei^{31} niei^{25} p‘a^{51} la^{33} kiei^{41}，

双脚共单筒①，

ta^{31} ka^{25} kiei^{41} liaŋ^{31} tɕ‘iei。

跛脚②上舞场。

vei^{31} jian^{25} na^{51} na^{51} li^{24}，

有人来问他，

tsau^{35} t‘ai^{35} ɣa^{51} sou^{33} tie^{22}？

为何这模样？

jia^{31} ti^{35} t‘uo^{33} sou^{33} ti^{24}，

他说是有意，

jie^{31} jiuo^{25} ɱa^{35} pai^{22} ɱiaŋ^{31}。

叫他岳母看。

la^{33} k‘uo^{35} jiuo^{35} ɱa^{35} kian^{33}，

裤头岳母缝，

la^{33} k‘iei^{41} jiuo^{25} ɱa^{35} p‘iaŋ^{35}，

裤筒岳母开，

tsau^{35} t‘ai^{35} jia^{31} pai^{22} ɱiaŋ^{31}？

为何让她看？

---

① 单筒：指单边的裤腿。

② 跛脚：因双脚插在同一裤腿中，走路、跳舞都只能单腿行动，帮称。

tsau^{35} t‘ai^{35} lan^{35} jiŋ^{41} ɱu^{31}？

为何出傻样？

la^{31} ga^{51} lan^{35} ar^{35} ɱa^{22}，

这位傻后生，

lan^{35} taŋ^{35} que^{41} la^{31} luoŋ^{24}。

又来说傻话。

jiuo^{25} ɱa^{35} pai^{22} suo^{53} ɱiaŋ^{31}，

要岳母看见，

jiuo^{25} ɱa^{35} pai^{22} suo^{53} ɱiaŋ^{31}。

看清就是他。

biu^{31} pei^{22} t‘eŋ^{24} t‘eŋ^{24} ɤə^{31}，

众人哈哈笑，

lan^{35} t‘ai^{35} jie^{31} la^{51} ɤə^{31}。

笑他太痴笨。

qa^{31} lan^{35} jiŋ^{41} sou^{33} ɱiaŋ^{41}，

傻后生见势，

wu^{35} kaŋ^{33} la^{41} ʤi^{24} luoŋ^{35}，

反倒更得意，

biu^{31} pei^{22} ʨiei^{22} la^{31} biaŋ^{51} li^{24}，

众人朝左跳，

jia^{31} ʨ‘iei^{53} la^{31} vei^{35} buo^{53}；

他自往右转；

biu^{31} ʨ‘iei^{53} la^{31} vei^{33} buo^{53}，

众人往右转，

jia^{31} ʨ‘iei^{53} la^{31} biaŋ^{51} li^{24}。

他自往左转。

buo^{31} laŋ^{24} suo^{53} lɑ^{31},

邦郎①看情形,

t‘uo^{33} ɱɑ^{35} tie^{25} ȶɕin^{41} ɱu^{31},

实在不像样,

vuɑ^{25} biɑɱ^{51} liuɱ^{41} jiɑ^{31} pɑi^{22},

分给块猪肺,

jiɑ^{31} ɱiɑŋ^{35} ɱu^{41} niei^{53} pu^{31}。

说他在世浮。

gui^{33} p‘ɑ^{41} kuo^{25} gɑn^{35} li^{24},

当晚回到家,

jiuo^{35} ɱɑ^{35} ȶɕ‘iŋ^{22} ɱiɑ^{25} li^{24} sɑ^{35},

请岳母吃夜,

vuɑ^{25} biɑɱ^{51} tie^{31} ɑŋ^{41} tou^{22},

端盆炖猪肺,

pɑŋ^{33} tie^{22} tsuo^{24} t‘ɑ^{33} tɑ^{22}。

拿到方桌上。

qɑ^{31} lɑn^{35} pu^{31} ɣɑ^{31} ɱiɑŋ^{31},

傻仔见浮肴,

t‘ie^{51} giɑi^{24} ɣɑ^{31} ɱɑ^{13} nɑ^{35},

筷子不停蹄,

liuɱ^{31} liuɱ^{31} ɱen^{35} nɑ^{51} duoŋ^{31},

块块挟进嘴,

liuɱ^{31} liuɱ^{31} ɣuo^{25} guo^{41} ei^{31}。

块块进肚里。

---

① 邦郎:跳弓节活动司仪者。

jiuo^{25} ɱɑ^{35} ʤie^{35} kɑ^{51} niei^{31}，

岳母在一旁，

ɣɑŋ^{35} ɣiei^{41} ɱiɑ^{25} tsɑi^{33} sɑ^{35}，

白饭泡清汤，

jie^{31} pɑ^{35} tsuŋ^{24} wu^{35} niei^{31}，

阿爹在上方，

sou^{33} ȵi^{24} dɑn^{53} ɣɑ^{31} ŋɑɱ^{24}。

心里干着急。

jiuo^{25} ɱɑ^{35} suoŋ^{51} ei^{31} nɑ^{24}，

送走了岳母，

jie^{31} pɑ^{35} tɑŋ^{35} nɑ^{51} lɑi^{22}：

阿爹来训话：

tsɑu^{35} tʻɑi^{35} pʻiɑŋ^{35} ɱɑ^{31} jiu^{41}，

为何不要脸，

ɣɑ^{33} ɱɑ^{22} bun^{31} tie^{22} sɑ^{35}？

自把肉吃光？

lɑ^{31} gɑ^{51} lɑn^{35} diu^{24} sou^{33}，

后生只傻眼，

ɱen^{35} pʻiɑ^{35} pɑ^{35} nɑ^{51} que^{31}：

对阿爹开腔：

ŋɑ^{31} tʻɑ^{33} buŋ^{41} gin^{35} sɑ^{35}，

我吃面上肉，

lɑ^{24} tɑŋ^{31} tʻie^{51} ɱɑ^{31} bɑi^{51}。

筷子没往盆底捞。

jie^{31}pɑ^{35}dɑn^{53}bin^{35}lɑi^{22},

阿爹气呼呼，

suoŋ^{33}lɑɱ^{41}ɱi^{35}tuo^{51}lɑ^{31}:

火气冒三丈：

nɑ^{31}ɱɑ^{22}jie^{31}biɑɱ^{51}ȶɕin^{31},

你真是个废（肺），

nɑ^{31}jiou^{53}ŋɑi^{31}jiou^{53}ɣɑ^{24},

养你白冤枉，

nɑi^{33}t‘ɑ^{31}tɑ^{31}gɑ^{25}ei^{41},

明日上舞场，

jie^{31}piɑɱ^{51}jiu^{31}luoŋ^{24}nɑ^{35},

你再捞只肺（废），

ȵi^{35}nɑ^{41}sɑŋ^{22}sou^{33}ɱu^{31}!

看你如何把人当！

wu^{33}gɑ^{22}sə^{31}li^{24}tɑu^{22},

打从那时起，

tsɑu^{35}t‘ɑi^{35}qɑ^{41}ɱɑ^{13}sei^{33},

不知为何因，

vuɑn^{53}ɣuo^{22}vuɑ^{25}sɑi^{33}t‘ɑ^{41},

节日宰大猪，

kuoŋ^{35}vei^{33}kuoŋ^{35}ȵiei^{22}niei^{22},

麻弓兄弟俩，

jie^{31}ȵuo^{22}neie^{25}ʤɑ^{35}jiu^{41}:

要取两部位：

vuɑ^{25}quɑŋ^{33}tie^{22}vuɑ^{25}biɑɱ^{51}。

猪胫带猪肺。

buŋ^{31}tɑɱ^{31}buŋ^{31}tɑ^{24}，

世代常相传，

tɑ^{24}tie^{22}nɑi^{35}ɣuo^{22}lɑi^{25}。

一直到今生。

二十五、桑树、枹桐与蓝竹
[sei^{53} ɱu^{35} sei^{53} qɑ^{33} tie^{22} qɑ^{31} vuɑ^{35}]

相传桑树、枹树和蓝竹，都与当地彝族始祖有某些关系。节日活动中，也吟唱这段歌词，表示妇女在各方面的能耐。树，彝语平时称[sei^{53}]，经词中称[sɑi^{33}]。根据音韵需要，可相互代称。

国际音标：nɑi^{35}ɱɑ^{22}biu^{31}ɣɑ^{31}bie^{53}，

意　　译：今天来唱人，

sɑi^{33}ɣɑ^{41}bie^{53}pɑ^{31}lɑ^{31}。

同时也唱树。

ɣu^{35}luo^{41}ɱu^{35}sɑi^{33}bie^{51}，

先说说桑木，

ɣu^{35}luo^{41}ɱu^{35}ŋui^{33}sie^{51}，

先唱唱桑根，

jiɑ^{31}ɱɑ^{22}biu^{31}lɑ^{31}jiɑ^{22}，

它为人立魂，

jiɑ^{31}ɱɑ^{22}biu^{31}sə^{31}pɑ^{31}。

它为人立寿。

tu^{35} oŋ^{51} ɱu^{35} sai^{33} ban^{51}，

出门砍桑树，

vuo^{31} di^{35} kaŋ^{33} ɱa^{13} tsaŋ^{41}，

没有大斧头，

ɱu^{35} sai^{33} p‘ə^{51} ɱa^{13} lai^{25}，

桑树砍不断，

ɱu^{35} luoŋ^{35} ba^{25} ɱa^{13} ɣa^{35}。

桑树扛不动。

ɱiau^{22} kaŋ^{33} tɕ‘iŋ^{35} luoŋ^{35} lai^{25}，

请大虎帮忙，

ɱu^{35} ɱiei^{22} sai^{33} tɕ‘ie^{41} gan^{24}，

大虫啃树根，

ɱu^{35} sai^{33} p‘ə^{51} lai^{22} ɣa^{35}，

桑树倒下来，

jie^{31} tie^{22} jie^{33} laŋ^{35} dai^{24}，

头在第八谷，

jie^{31} ʤuoŋ^{41} kau^{35} laŋ^{35} dai^{24}。

尾在第九沟。

ɱu^{35} sai^{33} ba^{25} tie^{22} la^{31}，

搬来桑树蔸，

kau^{35} ʤa^{35} jiuoŋ^{41} ɣa^{31} niei^{31}：

用途宽又广：

sai^{33} ŋui^{33} qa^{31} tou^{33} ɱu^{41}，

树根做臼盘，

sai^{33} tie^{24} suɱ^{53} lu^{31} ɱu^{31}，

树头做碓轴，

sɑi^{33} k'ɑŋ^{31} suɱ^{53} ɱɑ^{24} ɱu^{31}，

树干做碓杠，

sɑi^{33} ʤuoŋ^{41} suɱ^{53} ɱen^{53} ɱu^{31}，

树尾做碓杵，

sɑi^{33} kɑ^{33} bɑ^{31} tu^{41} ɱu^{31}。

树枝做扁担。

sɑi^{33} piɑ^{35} niei^{35} luoŋ^{24} nie^{25}，

还有那树叶，

pɑŋ^{33} tie^{22} t'i^{35} ɡuo^{41} lɑ^{31}，

拿回家中来，

ɡu^{35} tie^{22} wu^{35} tuɱ^{41} ɱu^{31}，

加工作发髻，

tsɑu^{35} ʨie^{24} qɑ^{31} jiuoŋ^{34} ɤɑ^{24}。

时刻有用场。

buŋ^{31} nɑ^{53} sɑi^{33} tie^{25} ɱɑ^{35}，

山中一蔸桑，

biu^{31} pei^{22} jiɑ^{31} quɑi^{25} sei^{25}，

莫让人损伤，

sɑi^{33} jiuoŋ^{41} jie^{25} ʨie^{24} niei^{31}，

用桑用适时，

biu^{31} kɑ^{22} niei^{31} ɱɑ^{31} luɱ^{25}。

处事不冤枉。

ɱu^{35} sei^{51} que^{31} nɑ^{24} tɑu^{22}，

说完了桑树，

guo^{25} tie^{25} qa^{33} ɣa^{41} que^{31},

回头讲枹桐①,

qa^{33} ɱa^{35} que^{41} ka^{31} - ɱɱiaŋ^{41},

不说枹桐不见路,

qa^{33} ɱa^{35} que^{41} niei^{31} na^{33}。

不说枹桐难立位。

qa^{33} ɱa^{35} pə^{51} lai^{22} dau^{22},

欲砍枹桐树,

la^{25} na^{51} vua^{35} ɱa^{13} tsaŋ^{41},

手中缺刀斧,

bau^{35} ɱiei^{22} kaŋ^{33} tɕʻiŋ^{35} lai^{25},

请来了大虫,

qa^{33} tɕʻie^{41} qan^{24} sa^{35} la^{31}。

啃下枹桐根。

sai^{33} tian^{22} jie^{33} laŋ^{35} dai^{24},

树头在八谷,

sai^{33} ʤuoŋ^{41} kau^{35} laŋ^{35} sa^{22}。

树梢在九沟。

sai^{33} tian^{22} qa^{31} tou^{33} ɱu^{41},

树头做米桶,

sai^{33} kʻaŋ^{41} ɱia^{25} buŋ^{35} ɱu^{41},

树干做甄子,

guŋ^{35} ɱu^{41} ga^{31} pʻu^{31} duoŋ^{31},

米桶装满米,

---

① 枹桐：一种空心乔木，其名称与彝语的“生存”谐音，故常用枹桐指代主体的存在，别有韵味。

ɱiɑ^{25} buoŋ^{35} ɡuo^{41} ɱiɑ^{25} bie^{33}。

甑子蒸满饭。

sɑi^{33} ʥuoŋ^{41} ɱɑ^{13} ʥi^{35} ɱu^{41}，

树梢做二胡，

sɑi^{33} kɑ^{33} ɣɑ^{35} ʐɑɱ^{24} ɱu^{31}。

树枝做把织布梭。

qɑ^{33} piɑ^{35} tsuo^{33} niei^{41} luoŋ^{24}，

还有那树叶，

pɑŋ^{33} tie^{22} biuɑ^{41} ɱu^{31} lɑi^{22}。

当簸箕使用。

qɑ^{33} ɣɑ^{41} que^{31} nɑ^{24} tɑu^{22}，

说了枹桐树，

que^{31} tie^{22} vuɑ^{35} nɑ^{51} ɣuo^{22}，

也来说蓝竹，

vuɑ^{35} ɱɑ^{35} tie^{31} bɑŋ^{45} ɱɑ^{22}，

一蔸大蓝竹，

jiuoŋ^{31} lɑi^{22} ɣɑ^{31} luo^{31} ɱiɑ^{35}：

派有大用场：

vuɑ^{35} tiɑn^{22} ɣiei^{31} ɡɑŋ^{22} ɱu^{31}，

竹头当水缸，

vuɑ^{35} k‘ɑŋ^{41} ɣiei^{31} t‘uoŋ^{31} ɱu^{31}，

竹杆做水桶，

vuɑ^{35} ȵuo^{51} qɑ^{31} ɑi^{41} ɱu^{31}，

竹尾做米筒①，

---

① 米筒：家用量米下锅的器具。

vuɑ^{35} kɑ^{33} ɱɑi^{35} liu^{51} ɱu^{31}。

竹枝做线轴①。

ʋɑ^{35} tɕ'ie^{22} tie^{22} ɱɑ^{31} ni^{35},

竹根与竹篾,

sɑn^{31} ŋɑŋ^{24} ɤɑ^{25} tie^{25} niei^{25}。

编扎成山鹰。

sɑn^{31} ŋɑŋ^{24} lɑŋ^{35} biɑŋ^{22} niei^{31},

山鹰在上头②,

lɑ^{31} ɱeŋ^{24} dɑu^{35} ɤɑ^{41} – ɱɱu^{41},

百家不忧愁,

qɑ^{31} vuɑ^{35} ŋui^{33} ɱɑ^{31} biə^{51},

蓝竹不绝根,

sɑn^{31} ŋɑŋ^{24} lɑ^{31} – ɱ^{13} biɑ^{51}。

山鹰不断魂。

二十六、夫妻同乐

[ɱi^{35} jiuo^{51} niei^{31} sɑ^{53}]

国际音标: lɑ^{31} sie^{53} tie^{25} gɑɱ^{41} sə^{53},

意　　译: 唱了大半天,

ɱɑu^{35} bie^{51} ɱiɑ^{31} ʤɑŋ^{35} sə^{41},

念了过晌午,

---

① 线轴:家用纺车绕线筒轴。

② 彝族神话:鹰血滴中一妇人裤裆,该妇人受孕生下一后生阿保。阿保长大后与仙女婚配繁衍彝人。每年跳弓节,用竹篾编成一只大鹰置于高处,众人膜拜。

ɱia^{31} ʤaŋ^{35} sə^{41} na^{24} gai^{22}，

过晌午时辰，

ɱia^{31} ʤa^{31} suoŋ^{51} la^{31} saŋ^{24}。

得送上午餐。

ʤa^{35} suoŋ^{51} sau^{33} t‘i^{35} bai^{22}？

午餐送哪家？

ʤaŋ^{35} suoŋ^{51} sau^{33} p‘a^{22} bai^{22}？

午餐送哪位？

suoŋ^{53} tie^{22} k‘ui^{33} ʤuɱ^{35} bai^{22}，

送给阿魁祖，

suoŋ^{53} tie^{22} ɱi^{35} ʤuɱ^{35} bai^{22}。

送给阿米祖。

ʤiaŋ^{35} ɱiaŋ^{35} ɱa^{31} pai^{25} li^{35}，

祭品供不上，

ʤuɱ^{35} ɱaŋ^{35} niei^{51} ȵaŋ^{31} lai^{22}，

老祖会伤心，

ɱia^{31} ʤaŋ^{35} ɱa^{31} pai^{25} li^{35}，

午餐送不上，

sa^{31} ɱa^{35} niei^{51} ȵaŋ^{31} lai^{22}。

妇人会凄凉。

ʤai^{35} ɱiaŋ^{35} pai^{25} li^{35} t‘a^{41}，

供上了祭品，

ʤun^{35} la^{41} ɱai^{35} ɱu^{41} lai^{22}，

祖灵请开恩，

ɱia^{31} ʤaŋ^{35} suoŋ^{51} li^{24} na^{35}，

送来了午餐，

sɑ^{31} ɱi^{35} lɑ^{41} ɡuo^{25} lɑ^{41}。

阿米灵魂归。

sɑ^{31} ɱi^{35} kuɑ^{31} lɑ^{31} ɡu^{24}l，

阿米整腰环，

sɑ^{31} ɱi^{33} wu^{35} tuɱ^{41} liei^{53}，

阿米盘头髻，

buɱ^{31} kɑ^{31} və^{53} －ɱ^{13} kiɑn^{51}，

山路不怕长，

ɣiei^{31} ɱɑ^{24} lieɱ^{53} ɱɑ^{31} kiɑn^{51}，

拦河不怕深，

qɑ^{31} k‘ui^{33} ti^{35} t‘ɑ^{33} ɱɑ^{22}，

阿魁在堂前，

ɱi^{35} p‘ɑ^{22} ʐɑu^{35} tɑ^{33} lɑ^{41}，

把门迎阿米，

sɑ^{31} ɱi^{35} niei^{41} ɣɑ^{31} li^{24}，

阿米就了位，

kɑ^{35} bɑŋ^{35} din^{41} ɣɑ^{31} ɱu^{31}。

自立火灶旁①。

kɑ^{31} bɑŋ^{35} oɱ^{41} ɣɑ^{31} niei^{31}，

火灶送温暖，

ɱeŋ^{31} tɑn^{53} ɣɑ^{31} －ɱ^{13} kiɑn^{51}，

不怕身凄凉，

---

① 火灶旁：彝俗妇女坐月期间，吃、住在火灶旁，因此人们又常把火灶边的某地称产妇位置。

ɱia^{25}ɱu^{41}ɣaŋ^{35}tsa^{33}pei^{22},

还有我厨师,

suo^{35}ei^{41}tie^{22}suo^{33}ȵa^{41};

常来又常往;

ŋa^{31}ɱia^{13}ʤaŋ^{35}suoŋ^{51}la^{31}na^{24},

我送完午餐,

ŋa^{31}ʤai^{35}paŋ^{33}ban^{35}la^{31},

我供完祭品,

ɱa^{31}biei^{41}quɱ^{53}ei^{31}laŋ^{24},

等着日落山,

la^{22}ba^{33}la^{41}ɣa^{31}laŋ^{24}。

等着月亮上。

la^{22}ba^{33}sai^{33}duŋ^{41}tuo^{53},

月亮上树梢,

san^{53}ʨ'ian^{22}ɱi^{35}baŋ^{35}nie^{22},

竹笪安火旁,

ɱi^{35}baŋ^{35}vui^{35}p'a^{22}diau^{53},

火旁靠东墙,

sa^{33}ɱi^{35}ȵa^{41}baŋ^{31}din^{31}。

阿米坐上方。

ga^{33}ts'au^{41}sian^{33}daɱ^{41}sian^{33},

美酒一杯杯,

ɣaŋ^{35}gai^{41}aŋ^{31}daɱ^{31}aŋ^{31},

佳肴一盆盆,

ʤau^{35}ɱaŋ^{35}tie^{41}tuoŋ^{24}kaŋ^{33},

长老一大桌,

ɑu^{31}pei^{22}kɑu^{35}p‘ɑ^{35}niei^{41}。

舅父七八个。

xuo^{31}tsuoŋ^{25}vei^{33}niei^{22}pei^{22}，

房族众弟兄，

bɑu^{35}sɑŋ^{35}bɑi^{35}sɑŋ^{35}pei，

姑丈全到场，

tsɑu^{35}t‘ɑi^{35}ɤɑ^{51}tsuoŋ^{24}sie^{53}？

为何摆酒席？

pei^{22}su^{31}tu^{35}tie^{25}niei^{41}？

为何饮一堂？

ŋɑi^{35}jɑu^{35}ɤɑ^{41}ɱɑ^{13}ŋɑi^{33}，

不是为别事，

ŋɑi^{35}ʤɑ^{35}ɤɑ^{41}ɱɑ^{13}ŋɑi^{33}，

不是为别样，

nɑi^{35}ʤu^{35}gɑ^{33}tsuoŋ^{24}bɑn^{31}，

今日办酒席，

sɑ^{31}ɱi^{35}din^{41}p‘ou^{22}，

阿米立了位，

sɑ^{31}ɱi^{35}lɑ^{41}ʑɑu^{24}lɑ^{31}，

阿米灵魂归，

sɑi^{31}ɱi^{35}sɑ^{41}sɑ^{31}niei^{31}。

祝阿米健康。

din^{31}ɤɑ^{31}xɑɱ^{24}gɑu^{31}tɑ^{22}，

立位祖灵前，

din^{31} ɣɑ^{31} kui^{31} tʻi^{35} tɑ^{33}。

立位魁屋堂。

din^{31} ɣɑ^{31} tʻɑ^{33} buŋ^{41} niei^{31},

立下了高位,

jie^{31} sɑi^{51} jie^{31} lɑ^{41} niei^{31},

请来了生灵,

biu^{31} ɱɑŋ^{24} qɑ^{33} siɑn^{33} tou^{33},

众老举杯盏,

ʤuɱ^{35} ɱɑŋ^{35} nɑ^{25} bɑŋ^{41} bɑu^{31}。

先敬老祖灵。

ɣɑ^{31} nɑi^{24} ɱɑ^{31} li^{35} tʻɑ^{41},

往后的日子,

ɣɑ^{31} ʤɑŋ^{24} ɱɑ^{31} li^{35} tʻɑ^{41},

往后的时辰,

qɑ^{31} kʻui^{33} ɱi^{35} juo^{51} niei^{22},

阿魁夫妻俩,

ɱɑu^{35} guo^{33} ɱɑu^{35} lɑ^{33} ɱuoŋ^{51}。

同欢日月长。

və^{31} que^{22} ɱɑu^{35} lɑ^{33} sə^{41},

同欢度月日,

və^{31} dɑn^{22} ɱu^{31} pʻiɑ^{35} ʐə^{24},

同劳积金银,

juo^{53} ɑr^{22} ŋuɱ^{31} sɑ^{33} ou^{35},

盼望着贵子,

nɑɱ^{53} ɑr^{22} ŋuɱ^{31} sɑ^{3} ou^{35}。

盼望着千金。

juo^{53}ɑr^{22}tie^{22}nɑɱ^{53}ɑr^{22}，

贵子和千金，

biu^{31}guo^{31}lɑi^{22}luo^{31}ɤɑ^{35}，

定能入凡间，

qɑ^{31}k‘ui^{33}tie^{22}sɑ^{31}ɱi^{35}，

阿魁和阿米，

gɑn^{35}tɑŋ^{22}lɑ^{31}t‘uo^{33}ɤɑ^{35}。

一同把家当。

qu^{31}k‘ui^{33}tie^{22}sɑ^{31}ɱi^{35}，

阿魁和阿米，

ɤɑu^{25}ɱu^{41}gɑu^{35}tɑŋ^{22}nɑ^{24}，

立户当了家，

ɤɑu^{25}ɱu^{41}juo^{53}ɑɤ^{22}jiu^{53}，

养立户贵子，

ɤɑu^{25}ɱu^{41}nɑɱ^{53}ɑr^{22}jiu^{53}。

怀立户千金。

qɑ^{31}liɑu^{24}jie^{31}piɑu^{33}sou^{33}，

像鱼长鱼鳔，

ɱu^{35}ŋɑ^{51}tuoŋ^{31}lɑ^{31}sou^{33}，

像鸟长翅膀，

tɑ^{53}li^{24}bɑŋ^{35}sou^{31}tie^{22}，

上坡如飞行，

ʐuoŋ^{24}lɑi^{25}liɑu^{35}sou^{33}tie^{22}。

下坡如滑板。

nɑi^{35}ʤu^{35}tsuoŋ^{24}bɑŋ^{35}niei^{41}，

今儿酒席边，

na^{35} ʤu^{35} xaŋ^{24} gau^{31} niei^{31}，

今儿在堂前，

sian^{33} tsuo^{41} k‘a^{22} ŋu^{31} qui^{33}，

我们会举杯，

qu^{31} t‘ie^{51} ŋu^{31} giai^{35} qui^{33}，

我们能动筷，

tsau^{33} p‘au^{35} ɱu^{41} ɱa^{13} qui^{33}，

却不会偿主人脸，

tsau^{31} piaŋ^{35} jiu^{41} ɱa^{13} ɤa^{35}。

却不会增主人光。

taŋ^{35} ɱei^{35} que^{41} sou^{33} dau^{24}，

心想说好话，

que^{31} la^{31} lau^{53} tie^{25}，

说来不成章，

bai^{31} p‘a^{31} sie^{35} dau^{22}，

心想表谢意，

bai^{31} p‘a^{33} que^{31} ɱa^{35} qun^{41}。

表不尽主人情意长。

jie^{31} tsau^{33} sian^{33} ɱa^{13} tsuo^{41}，

主人未举杯，

ʤu^{35} ɱen^{35} guo^{41} na^{25} li^{24}；

我们先入口；

jie^{31} tsau^{33} t‘ie^{51} ɱa^{31} giai^{35}，

主人未动筷，

ʤu^{35} luoŋ^{22} na^{25} ei^{41}。

我们先下喉。

ka^{35}wu^{35}bau^{35}biau^{22}lai^{25},

得罪灶头老阿公,

ka^{35}ʤuoŋ^{41}bai^{35}biau^{22}lai^{25},

得罪灶上老阿婆,

ka^{35}vei^{51}la^{31}biau^{22}lai^{25},

得罪灶边的后生,

ka^{35}taŋ^{41}ɱi^{35}biau^{22}lai^{25}。

得罪灶尾的姑娘。

suoŋ^{33}la^{33}ŋa^{35}la^{33}sə^{41},

时过三五月,

suoŋ^{33}guo^{33}ŋa^{35}guo^{33}sə^{41},

时过三五载,

buɱ^{31}na^{53}jia^{53}ɱu^{31}li^{24},

上山做活路,

jia^{51}guo^{31}jiau^{35}t'ou^{51}ei^{31},

下地种禾谷,

bi^{31}tuo^{53}bi^{31}guɱ^{53}ka^{41},

东西同方向,

buɱ^{31}ɣiei^{31}viə^{25} que^{33}ɱu^{31},

同山也共水,

bau^{35}liaŋ^{22}giaŋ^{22}la^{31}t'a^{31},

知了叫出声,

ŋa^{53}ar^{22}bau^{31}la^{31}t'a^{31},

鸟儿叫出音,

dan^{35}biau^{22}taŋ^{35}ɱa^{13}que^{41},

失礼的话儿不出嘴,

ɱa^{31} nie^{25} taŋ^{35} ɱa^{13} que^{41}。

鬼神的言词不出腔。

buɱ^{31} li^{24} qa^{31} kau^{22} daɱ^{35}，

上山忘背篓，

au^{31} ka^{22} tsiaŋ^{31} ɱa^{31} duɱ^{35}；

舅父情意不可忘；

jia^{53} ei^{31} biə^{33} daɱ^{35}，

入地忘竹筐，

sa^{35} ka^{22} niei^{53} ɱa^{13} daɱ^{33}。

舅母诚意不可丢。

da^{35} ɱa^{35} tie^{25} sian^{33} tsuo^{41}，

你我同举杯，

t‘i^{33} tsau^{33} niei^{31} sa^{53}。

宾主同安康。

sa^{31} ɱi^{35} din^{41} li^{24} t‘ai^{35}，

为阿米就位，

sa^{31} ɱi^{35} niei^{31} sa^{53} t‘ai^{35}，

为阿米健身，

t‘i^{35} tsau^{33} ga^{33} tsuoŋ^{24} bai^{24}，

主家摆酒席，

t‘i^{35} tsau^{33} vei^{33} ȵiei^{22} ʑau^{35}，

主家请亲朋，

vei^{33} niei^{22} viə^{53} k‘iei^{31} la^{31}，

亲朋远道来，

dɑ^{31} gɑ^{35} viə^{53} dɑn^{24} lɑ^{31}，

亲朋远门至，

sɑ^{31} ɱi^{35} din^{41} li^{24} luoŋ^{35}，

扶阿米就位，

sɑ^{31} ɱi^{35} niei^{31} sɑ^{53} luoŋ^{24}。

促阿米健身。

din^{31} ɤɑ^{31} nɑ^{31} xɑɱ^{24} gɑu^{31}，

立位立在祖灵下，

din^{31} ɤɑ^{31} diɑŋ^{31} gɑ^{24} t‘ɑ^{33}，

立位立在堂屋里，

din^{31} ɤɑ^{31} kɑ^{25} vei^{53} nɑ^{53}，

立位立在火灶旁，

din^{31} ɤɑ^{31} qɑ^{31} ɤɑu^{25} nɑ^{51}。

立位立在火塘上。

ʤuɱ^{31} lɑ^{4} buoŋ^{31} tɑɱ^{31} buoŋ^{31}，

祖灵永世存，

ɤɑu^{25} ɱɑ^{22} buoŋ^{31} sou^{33} niei^{41}，

火塘长久在，

ʤɑu^{35} ɱɑŋ^{35} tɑŋ^{35} kɑu^{35} ʤuoŋ^{41}，

长老一席话，

vei^{33} ȵiei^{22} tɑŋ^{35} kɑu^{35} ʤɑ^{35}，

贵客一串言，

qu^{31} k‘ui^{33} bɑŋ^{51} nɑ^{53} kɑ^{24}，

阿魁收入耳，

sɑ^{31} ɱi^{35} niei^{51} guo^{31} tɑi^{53}。

阿米藏入心。

nai^{35} $ŋa^{41}$ tu^{35} $ɱen^{35}$ $ɱen^{35}$ $ɣuoŋ^{51}$,

今生我把门，

nai^{35} $ŋa^{41}$ ka^{31} $tʻuoŋ^{31}$ bai^{22},

今生我开道，

$ŋai^{35}$ lai^{25} biu^{31} pei^{22} $kʻuoŋ^{31}$,

留下人欢愉，

$oŋ^{53}$ ei^{31} biu^{31} pei^{22} vua^{35}。

出门人平安。

na^{35} $ɱau^{35}$ gai^{22} $taŋ^{35}$ $ɱa^{22}$,

古老的言语，

na^{35} $ɱau^{35}$ gai^{22} lau^{53} $ʤa^{24}$,

古老的词章，

nai^{35} $ŋa^{41}$ bie^{53} lai^{22} $ɱa^{22}$,

我今来传诵，

nai^{35} $ŋa^{41}$ $ŋian^{35}$ laj^{25} $ɱa^{22}$。

我今来收场。

图书在版编目（CIP）数据

弓场神韵/王光荣编译.—北京：民族出版社，2010.8
(中国少数民族非物质文化遗产研究系列)
ISBN 978-7-105-11108-4

Ⅰ.①弓… Ⅱ.①王… Ⅲ.①彝族—诗歌—作品集—中国 Ⅳ.①I22

中国版本图书馆 CIP 数据核字（2010）第 168122 号

弓场神韵

策划编辑：欧光明
责任编辑：赵　朝
封面设计：晓玉工作室
出版发行：民族出版社
地　　址：北京市和平里北街 14 号　邮编：100013
网　　址：http：//www.mzcbs.com
印　　刷：北京佳顺印刷有限公司
经　　销：各地新华书店经销
版　　次：2010 年 8 月第 1 版　2010 年 8 月北京第 1 次印刷
开　　本：787 毫米×1092 毫米　1/16
字　　数：159 千字
印　　张：15.375
印　　数：0001-1500 册
定　　价：50.00 元
ISBN 978-7-105-11108-4/I·2202（汉 2626）

该书如有印装质量问题，请与本社发行部联系退换。
（编辑室电话：010-58130917　发行部电话：010-64211734）

中国少数民族非物质文化遗产研究系列

中国少数民族非物质文化遗产研究系列